山中恒儿童成长小说



# 帅哥本是胆小鬼

【日】山中恒 著
叶荣鼎 译

时代出版传媒股份有限公司
安徽少年儿童出版社

著作权登记号:皖登字 12161673 号

图书在版编目(CIP)数据

帅哥本是胆小鬼 /[日]山中恒著;叶荣鼎译. — 合肥:安徽少年儿童出版社,2017.5
(山中恒儿童成长小说)
ISBN 978-7-5397-9483-9

Ⅰ.①帅… Ⅱ.①山… ②叶… Ⅲ.①儿童小说-长篇小说-日本-现代 Ⅳ.①I313.84

中国版本图书馆 CIP 数据核字(2017)第 038947 号

SHANZHONGHENG ERTONG CHENGZHANG XIAOSHUO SHUAIGE BEN SHI DANXIAOGUI
山中恒儿童成长小说·帅哥本是胆小鬼

[日]山中恒 著
叶荣鼎 译

出 版 人:张克文　　责任编辑:王卫东　潘　昊　　责任校对:武　军
封面插图:经纶图文　　责任印制:田　航
出版发行:时代出版传媒股份有限公司　http://www.press-mart.com
安徽少年儿童出版社　E-mail:ahse1984@163.com
新浪官方微博:http://weibo.com/ahsecbs
腾讯官方微博:http://t.qq.com/anhuishaonianer(QQ:2202426653)
(安徽省合肥市翡翠路 1118 号出版传媒广场　邮政编码:230071)
市场营销部电话:(0551)63533532(办公室)　63533524(传真)
(如发现印装质量问题,影响阅读,请与本社市场营销部联系调换)

印　　制:安徽国文彩印有限公司
开　　本:880mm × 1230mm　1/32　　印张:7.125　　字数:96 千字
版　　次:2017 年 5 月第 1 版　　2017 年 5 月第 1 次印刷

ISBN 978-7-5397-9483-9　　定价:16.00 元

# 日本现代儿童文学鼻祖
# “一代大文豪”—— 山中恒

叶荣鼎

最近，安徽少年儿童出版社出版了我翻译的日本现代儿童文学鼻祖山中恒的“山中恒儿童成长小说”，这是日本小读者们身心健康成长的“心灵鸡汤”。译者深信，这套“山中恒儿童成长小说”也将同样在中国的大江南北受到广大孩子、家长和教师的青睐，广为流传。

山中恒，1955年3月毕业于日本早稻田大学第二文学部艺术系戏剧专业，现为日本儿童文学家协会会员、新日本文学会会员、日本广播作家协会会员，被誉为日本儿童文学界著名优质高产作家。山中恒大学三年级时，日本儿童文学出版形势严峻，只出世界名著，加之漫画流行，以致创作的儿童文学作品几乎无人问津。当时的儿童文学作品与传统儿童文学作品一脉相承，围绕人生哲学观的创作理念根深蒂固，通篇说教。对此，山中恒与另两位儿童文学作家以及儿童文学评论家鸟越信、古田等同窗好友联合组建的“小伙伴俱乐部”童话会，预感到日本创作儿童文学作品正在走下坡路的危机，于是揭竿而起，掀起了声势浩大的“在少年儿童文学旗下宣言”的新儿童文学运动。

其间，他挑灯夜战，把漫画的趣味性融入到文字里，全身心投入创作让小读者感动的儿童文学作品。功夫不负有心人！终于，长篇儿童文学处女作《红毛小狗》犹如日本儿童文学界的一轮红日，横空出世。于是，日本战后的新型儿童文学扬帆起航，展示了划时代意义的重大转折。由于作品脍炙人口，从创刊号开始刊登，一共连载了22期。这在日本儿童文学界引起了不小的反响，受到了老一辈儿童文学作家的特别关注和好评，山中恒成为当时日本儿童文学界的一颗璀璨新星，荣获了日本儿童文学最具权威的日本儿童文学家协会的新人奖，并且被破格吸纳为该会的会员。这成了日本儿童文学界流传甚久的佳话。

60多年里，山中恒总是把节假日理解为创作日，把创作理解为周游儿童文学世界。他曾在广播电台工作过，昼间忙得不可开交，晚上回到家里还是顾不上休息，时常挑灯夜战，像辛勤的园丁那样不知疲倦地在儿童文学这块肥沃的土壤里不懈耕耘、默默创作。60多年来，他前后创作了200多部经久不衰的畅销长销的儿童文学作品，巧妙地融会贯通了有趣、幽默、幻想等最大限度激发孩子读书欲望的亮点。山中恒先后荣获了日本儿童文学新人奖、讲谈社儿童文学新人奖、日本第三届儿童福利文化奖、日本儿童文学家奖、产经儿童文化出版奖、第一届岩谷小波文化奖、第31届野间儿童文学艺术奖等，深受日本小朋友读者、家长读者和小学教师读者的爱戴。

纵观和分析日本现代儿童文学鼻祖山中恒大文

豪创作的“山中恒儿童成长小说”，主要围绕素质教育，引导孩子积极向上，是推动社会发展的优秀健康“精神食粮”。通过一部部生动活泼的儿童文学作品，让小读者在愉快、轻松和有趣的阅读过程中理解作品的寓意，潜移默化，懂得怎样做人、怎样帮助和爱护其他同学、怎样珍惜同学之间的友谊。同时，他的儿童文学作品还有两个特点，一是容易讲述，容易记住，容易传开；二是故事性强，可读性强，知识性强，趣味性强，教育性强。因此，他的儿童文学作品就像一朵朵美丽的花，在日本儿童文学界建造了一座座靓丽的花园。小读者们看了他的作品都会感到亲近，回味无穷，能在津津有味的阅读过程中学会如何辨别是非。所以，他的作品是小读者及其家长首选的儿童读物之一。在日本的小学生中，有不计其数的“山中恒粉丝”。在日本国内出版他作品的出版社，有近30家。

此外，山中恒与江户川乱步、大江健三郎等许多大作家一样，站在反战最前沿，用笔控诉战争带给人民的无尽灾难。山中恒撰写的《红鞋子》与《我们是少年国民》等十多部反战纪实文学作品,详细描述了孩提时代的所见所闻、日本侵略战争给普通百姓带来的苦难。

他借助拥有大量读者粉丝的优势,到全国各地举办反战演讲,还曾先后来到中国北京的卢沟桥、重庆的校场口、南京的大屠杀遗址、上海和沈阳等地进行实地考察,深入了解当时日本侵略军在中国犯下的滔天罪行。

前些年,山中恒撰写的《战争与日本历史》和《战争与靖国神社》,在日本拥有许多读者,还是许多学者研究日本历史不可或缺的重要资料。为了撰写上述两部作品,他和妻子山中典子去了日本国内许多地方,走访了许多当年经历过战争的人,查阅了大量的珍贵历史资料,收集了许多珍贵的照片。他反对侵略战争与宣传和平的演讲足迹,几乎遍布日本全国。他说,剖析当年日本侵略战争给本国国民与中国、韩国等国造成的灾难，把它告诉给广大读者，跟读者们一起遏制侵略战争，是作家义不容辞的神圣责任。

正如前面所述，笔者坚信：这套“山中恒儿童成长小说”，皆系颇有名气的畅销书和长销书，典型地展现了作者刻画孩子内心活动与烘托孩子喜欢有趣、幽默、幻想等心理特征的创作风格。笔者深信：上述作品一定会受到我国广大青少年读者、教师读者和家长读者的喜爱，在中国的大江南北流传开来。

# 目录

# 吹牛不打草稿

学期典礼结束，太树晃晃悠悠地从学校回到家，看见搬家公司的装卸工人正在把家具往隔壁的新住宅里搬。太树急忙把装着通讯录和测验卷的书包扔到玄关内侧，站到阴凉处看工人搬家。

也许新来的邻居家有五年级的学生吧？也许能和我成为要好的朋友吧，不过，或许也像五(1)班的同学那样，还没交往几天就讨厌我。

刚想到这，一个高中生模样的哥哥在喊太树。

这哥哥也在搬家具。

“喂，你是这家的吗？”

“是呀。”

“读几年级？”

“五年级。”

“那好，看来你能成为多惠的好朋友了……喂，这一带有没有饭店？”

“有的，不过要走点路，要我告诉你这家饭店的电话号码吗？”

“好呀，那就拜托了！”

太树回到家里写了张电话号码，再出来把纸条递给高中生哥哥。

“给你号码，哥哥，饭店叫松寿庵哟！”

“谢谢！”

“啊……你去的时候顺便给我要一客大碗鸡蛋面。松寿庵饭店很小气，一碗面外卖都要收上门服务费。”

哥哥显出不可思议的表情。

“哎，你是一个人吃午餐吗？”

“是的。”

“好吧，我一定给你办到。哎，你叫什么名字？”

“我叫中谷太树。太树就是指树木粗壮，有‘大器’的意思。”

“咳，这可是帅哥的名字呀！我叫大川昭士郎，是家里的长子。爸爸出生于昭和十一年，他把‘十’和‘一’粘成‘士’字，我的姓后面就添上了昭士。我的名字一点不帅。爸爸的名字也傻乎乎的！大川治三六的‘治三六’，意思是明治三六年，据说爷爷是那年出生的。”

太树喜欢上了这个叫昭士郎的直率哥哥。

“我能帮上什么忙吗？”

“不必了，搬家具的人手够了……你能帮我买十个冰淇淋吗？”

说完，昭士郎去家里拿来一千元的纸币递给太树。

太树接过钱一路小跑来到食品店，从冷饮柜里取出十个冰淇淋装到袋里。正要付钱时，一摸口袋发现一千元不翼而飞了，赶紧到处寻找。要是丢了一枚硬币还有可能找到，可丢的是一千元纸币，找到的可能性就微乎其微了。

“怎么啦？钱丢了？”

食品店的女老板问。

“嗯，我等会就把钱拿来，先赊账吧？”

“真拿你没办法。好吧，我妹妹好歹在医院里得到了你妈妈的照顾。”

“是呀，顺便把找的零钱也借给我吧？”

“为什么？”

“因为还钱时好凑上一千元的整数。”

“精明！”

食品店女老板把找的两百元也借给了太树。

太树飞也似的跑出店门奔到邻居家，没看见昭士郎，倒看见那个叫治三六的昭士郎爸爸。接过冰淇淋和找的零钱，他只说了声“你辛苦了”便回屋再没出来。

“奇怪！”

太树在门口待了一会儿，见不着昭士郎出来，只好失望地回家了。

“啊呀，啊呀，助人为乐赔了一千元！”

家里窗户紧闭，非常闷热。太树没有开窗，躺在玄关内侧的地板上。

不知过了多久，太树好像觉得有人来到玄关内侧，便一骨碌爬起来，只见一个少女正目不斜视地看着自己。也许是背朝光线的缘故，太树看不清她长什么样。

“你是谁？”

“我是大川多惠。”

说话的声音听起来异常冷静。

刹那间，这个身着茶色大圆领背心的少女，转过身飞也似的朝玄关外跑去。短裤下两条细长腿，在阳光的照射下分外夺目。少女瞬间就跑得无影无踪了。

“喂，站住！”

太树站起来追了几步，脚底好像踩着了坚硬的东西，身体跟着转动失去重心，随即一屁股坐在地上，幸亏膝盖没有着地，但也疼得够受。

“啊，哎哟！”

太树疼得脸上五官挤作一团，不由得看了一眼脚下踩的东西。

“咦！”

只见有盖的大碗斜躺在地上，碗里盛着大排盖浇饭，碗边露出大排的一角。这碗盖浇饭好像是大川多惠放在这里的。

“真是见鬼了！我又没托她买什么大排盖浇饭！偏偏……一定是弄错了吧?！”

太树一边自言自语，一边轻轻地把大排推回碗里，没想到大排“啪”一声滚到地上。

好，就这样吧！装作若无其事地退还给她就是了！谁吃到算谁倒霉，要追问起来我就说不知道。这地板都被爸爸长脚癣的脚走得黏黏糊糊的。

太树拾起掉在地上的大排，打算重新放回大

碗，却发现大排边上沾上了棉絮之类的灰尘，便用嘴吹掉后放到碗里，再盖上碗盖。

这时，大川多惠又出现了，并笑盈盈地端来放有冰麦茶杯子的托盘。她长得有点像男孩，眼睛大而水灵，鼻梁挺拔，称得上美女。

嘿，她如果能成为我的好朋友那可不赖呀……

太树的脑海里突然冒出这样的念头，但是此刻没有那么多时间欣赏多惠的外貌。

“哎，我要的不是大排盖浇饭，是大碗鸡蛋面！马上去给我换回来！”

“别客气！这是跟新邻居友好相处的开始！通常乔迁新居，新住户都要给左邻右舍送去一碗‘乔迁面条’。送给你家的，是特地预定的哟！叫‘乔迁大排盖浇饭’！饭钱我们家已经付了，你就不必介意了。”

“你，你再说我也不吃。”

“别不好意思！这是哥哥决定的，请接受哥哥的好意。”

太树无可奈何地叹了一口气。

“好了，快吃吧！”

“嗯……”

啊啊，啊啊，要早知道是这么回事，那顶多剥掉沾在大排上的棉絮之类的灰尘就好了。这下可麻烦了。

“怎么啦？”

“嗯。”

“你把碗弄翻了是吧?！”

太树吃了一惊。

“我没，没有弄翻。”

“是吗，那就好。”

“可以吃吗？好，吃吧！”

这大排是裹上面包粉放在锅里油炸的。太树闭上眼睛大口吃起大排，随后大口喝着多惠端来的冰麦茶，猛然间嘴里发出“咔嚓”响声。他赶紧把手指伸到嘴里，取出咬碎的东西细瞧，那玩意是酷似手枪子弹形状的红色塑料盖。

糟啦！这大概是爸爸抹脚用的脚癣药水瓶盖

吧……

“咦，那是什么？怎么会有这讨厌的东西？”

“那是脚癣药水瓶盖哟！”

“什么什么？饭店里居然有这东西，那不能原谅！”

话音刚落，多惠已经跑到玄关外面去了。

“喂，真没想到跑这么快！喂，站住！”

太树担心多惠，急忙放下刚吃了几口的大排盖浇饭去追她。

多惠跑到自家玄关的电话旁边，眼睛看着松寿庵饭店方便筷纸袋上的电话号码，手指按着电话机上的数字键。太树一走进大川家玄关，立刻把电话挂断。

“干什么呀？”

多惠瞪大眼睛看着太树。

“算了，就那么点小事。”

“没有这样的道理！大排盖浇饭里居然有脚癣药水瓶盖，太不像话了！要是向卫生防疫站投诉，饭店肯定会停业整顿，可我不打算投诉，只想心平气和地提醒他们今后多加注意。要是瓶盖上有大量的脚癣药水，那吃下去怎么办？”

“太凑巧了。”

“咦，怎么回事？太树肚子里长癣了吗？”

“没，没这回事，我只是那么想想而已。总之，你不要埋怨那家饭店。”

“为什么？”

“你说为什么？我，那个……我是挂钥匙学生，得到过他们许多照顾。我等一会委婉地去提醒他们一下就是了，这事你就别费心了！”

多惠用怀疑的眼神琢磨太树脸上的表情。这时，昭士郎回来了。

“哎呀，是你吧?！你刚才把一千元纸币掉在地上了！你没钱，却还能把冰淇淋买回来，我正奇怪怎么回事呢？喏，这是一千元纸币，拿好了！”

“啊，非常感谢！我向食品店阿姨赊了冰淇淋钱。”

“哎，你真有人缘啊！多惠，冰箱里的两份冰淇淋是你和太树的。你俩吃吧！”

“是。”

多惠去取冰淇淋，太树终于放下心来。为了不影响家具的摆放，太树与多惠站在院子角落里吃起冰淇淋。

“糟啦！”

多惠叫嚷着，看着太树。

“太树，你是刚吃了几口大排盖浇饭来我家的吧？”

“是呀！没关系，那样的食物。”

“什么那样的食物？”

“我是说等一下吃。”

太树一边说，一边想这多惠也太纠缠不休了。

其实，她还没有放弃对大排盖浇饭的追究。

多惠根本不在乎手上的冰淇淋已经融化，继续对大排盖浇饭刨根问底。

“哎，那大排盖浇饭连野猫也不会吃的哟。”

“可我不在乎……没，没关系。”

“是吗？”

“啊，啊。”

片刻后，多惠又目不转睛地看着太树问。

“这回又有什么要问的……”

“那个……太树，说说刚才大排盖浇饭里的小红盖！你为什么一看就知道是脚癣药水的瓶盖呢？”

“是呀！为什么呢？”

太树直眨眼睛：

“那呀，因为那玩意与我爸爸使用的瓶盖形状相同。总之，我吃的时候你别瞎咕哝好吗？否则心静不下来！”

“请原谅！”

他俩又不声不响地吃起了冰淇淋，可是太树这回好像担心起什么来：

“那个……多惠，你怎么知道是我把大排盖浇饭的碗给弄翻了？这话是你说的吧?！”

多惠耸了耸肩回答：

“只是，我总觉得……”

“说什么呀？只是，我总觉得，我听不明白你在说什么。”

“那倒也是。”

“别说不负责任的话，说说理由，理由！”

多惠一脸困惑地看着太树：

“因为房间角落躺着两颗青豌豆，你的裤子屁股那沾着洋葱片。”

“什么？”

太树不由得站起来摸了一下屁股，手指尖果然摸到了洋葱片，于是洋葱片掉到地上。

“什么呀！别往下说了！你再说我可吃不下去了。”

“为什么？”

多惠惊诧地看着太树。

“真啰嗦！”

说完，太树回到家里，看见爸爸正盘腿坐在玄关那吃着有“问题”的大排盖浇饭。爸爸通宵拍片结束后回到家里的。他一边吃着“问题”盖浇饭，一边教育太树：

“太树，你给我听仔细了，糟蹋粮食我可是要罚你的！这碗盖浇饭再怎么不好吃也要吃完！你竟然没有吃完一半就扔在这里。说说到底是为什么呀？爸爸像你这么大时，已经离开你爷爷过集体住宿生活了，饭吃不饱，连酸梅干种子也拿来当饭吃。那时候，像这样的大排盖浇饭根本就吃不上。要是想吃，只好把大排盖浇饭画在纸上贴到墙上，靠想象来解馋。”

这时，松寿庵饭店的外卖员来了。

“那个……据说您家人吃大排盖浇饭时吃到了脚癣药瓶盖是吧？”

一听这话，太树爸爸跳了起来：

“你说什么？”

“我刚才在你邻居家听说，于是赶紧登门拜访……其实，我们饭店里没有人抹脚癣药水。因此，我想是不是您家人弄错了？麻烦您，能否把瓶盖给我看一下？”

太树看着爸爸不知如何是好，爸爸用怀疑的目光看着太树，接着重重叹了一口气说：

“什么？那个……可能弄错了！什么情况也没有发生，别放在心上！”

“哦，原来是这样！饭馆是专门跟食品打交道的行当，我们特别注意卫生。发生一点差错，饭馆信誉就会一落千丈。话就说到这里，给您家添麻烦了！”

松寿庵饭店的外卖员端着空碗回店里去了。

“喂，太树，什么脚癣药水瓶盖？怎么回事？”

“没什么！爸爸你刚才不是也说了吗，要松寿庵的外卖员不要放在心上。”

“不，我不放心。”

“没什么哟！大概是松寿庵饭店外卖员听错了邻居说话的意思。”

“哦，原来是这样。暂且不管它！你去把那壶挪到壁龛间里！那是拍片时用的小道具，别摔坏了！”

爸爸用下巴示意放在房间隔断上的那把壶说。

“哎，这壶贵吗？”

“不知道，壶是借来的，用完要还的。”

太树把壶抱起来，壶大极了，好不容易才把它抱在怀里。

“哎，爸爸，这个把它当废纸篓吧！”

“怎么都行，就是别把它弄坏。”

说完，爸爸的上下眼皮打起架来，躺在房间地板上瞬间打起鼾来。

壶黑黝黝的，仿佛长着老人斑的脸，正在注视着太树。但是，太树对这把壶不感兴趣，觉得把它当作废纸篓比较合适，没怎么把它放在心上。

眼下最让太树感兴趣的是那个搬到隔壁成为新邻居的大川多惠。

不过，跟这多惠姑娘交往要多加小心！不能轻易见她……

太树这么想，但这种想法只是在大脑里停留一刹那，过后忘到了九霄云外。这就是中谷太树愚蠢的地方。说得好听一点，叫不拘小节，说得难听一点，就是头脑简单。

两天后，多惠又出现了。

“那个……我已经正式转到你们学校了，想问问你有关暑假作业和其他情况……”

“咦，有暑假作业吗？”

暑假作业有还是没有，太树根本就不感兴趣。在他看来，暑假作业做与不做都一样。

“你说什么呀！我不是在问你吗……哎，你老师长什么样？年轻吗？”

“你问这？那跟暑假作业有关吗？”

“当然有关哟！一般说来，大哥哥大姐姐那样的年轻老师不怎么布置暑假作业，而上年纪的阿姨叔叔那样的老师会穷凶极恶地布置，最好让我们暑假里没时间玩。”

被多惠这么一说，太树想起了小松老师，脸上立刻现出失望的神情。

“是呀，我们那个是阿姨老师哪！”

“这么说，应该布置暑假作业了吧？放暑假前，你没领到像讲义那样的暑假作业吗？”

“你说的那种暑假作业老师好像布置过。你等一下！”

太树赶紧跑到自己桌子前面，在书包里翻来覆去地寻找。

“有，有！”

“那好，拿来让我抄一下。”

“啊啊，行哟！”

太树把讲义一张一张地扔给她，像雪片那样从多惠脑袋上方飘到地上。多惠随手从纸堆里捡起一张抄写起来，抄到一半时猛然停下笔望着太树问道：

“哎，太树，这真是暑假作业吗？”

“应该是吧?！老师好像说过‘认真阅读后完成’之类的话。”

“阅读上面的内容？瞧！什么……考虑一下怎么做才能让小松阿姨吓一跳；思考一下怎么做才能抽掉黑田友高的两三根肋骨；思索一下怎么做才能让

坂井道子变成白毛猪……”

“傻瓜啊！那是后面的字吧，看正面，看正面！”

多惠把讲义翻过来读，表情比刚才更奇怪了。这是数学测验卷，分数栏里是红铅笔写的“15”分。太树见状赶紧从多惠手里夺回测验卷，用下巴示意旁边纸堆里的另外一张卷子。

“这上面肯定有暑假作业吗？”多惠边抄边问，接着频频问到班上的其他情况：

“喂，班上长得最帅的男生是谁？”

“问这呀，那应该是我吧？”

“哼！”

多惠一边吼一边仰起脸来打量。

“你怀疑我说的话？”

“不是怀疑，是想问你，帅男生裤子前面的拉链怎么不拉上？”

太树急忙把拉链拉上。多惠好像没怎么把这事放在心上，继续一边抄一边问：

“你说的小松阿姨是老师吗？”

“啊啊，是让我厌恶的老师。”

“你说的黑田友高呢？”

“噢，那也是让我厌烦的家伙！脸长得像狐狸，还自以为美男子，千方百计地讨好女生。他算是少年足球俱乐部的成员，但胖得像企鹅跑不动。不过，这小子狡猾得像泥鳅，小气吝啬，讲下流话，爱哭鼻子，一放学就逃回家里。”

太树喋喋不休地说。其实，这全是胡编乱诌。要说爱哭鼻子爱开小差逃学的家伙，正是太树自己。

“还有那个叫坂井道子的女生，长得像丑八怪，却总是一本正经地板着脸，竟然厚颜无耻地说喜欢我。我呢，放暑假那天没朝她瞟一眼就回来了。我心里痛快极了。”

不用说，这也都是太树胡言乱语瞎编的。其实，全班成绩当数坂井道子最优秀，人也长得最漂亮。太树每次看到坂井道子时，总是感到相形见绌。

“那么，除太树外还有长得帅的男生吗？”

“啊呀，其他男生都不怎么样，像动物园里的猴子家族。女生吗，看来就多惠你长得漂亮，其他女生没法跟你比。”

“哼！”

太树极力奉承多惠，可是多惠似乎对他不怎么……不，根本就没好感。

# 多嘴多舌的多惠

大约一星期过后，太树逛街走进一家书店，站在书架前聚精会神地看漫画。最近书店老板纷纷吝啬起来，用塑料薄膜把漫画和别的杂志封得严严实实，以前光看不买的读者现在什么都看不到。不过，太树去的是旧书店，因此不必担心。旧书店隔壁是一家咖啡馆，有人正从咖啡馆落地玻璃窗向他招手示意。仔细看，那人是大川多惠，身边站着满面微笑的多惠妈妈。

呵，假如现在进去，她们也许会请我吃冰淇淋苏打水……

太树心里琢磨着，笑嘻嘻地望过去，猛然发现那里还有一张熟悉的脸在看着自己，刹那间飞也似的溜走了。因为，那人是小松老师。

太树狼狈不堪地在街上溜达后回到家，顺便朝多惠家看了一眼，只见多惠正在玄关前面洒水。

“喂，你在那家咖啡馆里跟小松阿姨说了些什么？”

多惠放下手上的喷水壶，抓住太树的手说：

“走，去你家说！”

“说什么？那小松阿姨跟你说了什么不能在门口说的话吗？”

“不是那么回事，总之去你家说。”

“讨厌！反正小松阿姨的嘴里是吐不出象牙的，肯定说我是全班臭不可闻的不良学生啦。”

“什么？她可没这么说！难道太树真是全班臭不可闻的不良学生？”

“讨厌！”

多惠朝太树眨了一下眼睛：

“什么呀，说什么坏话！”

这时从太树背后飞来熟悉的声音：

“太树，说我什么阿姨阿姨的！我要是阿姨，那你太树就是浑小子！”

太树闻声连忙转过脸去，看见多惠家玄关站着小松老师。

“啊……”

“什么啊呀嘿的！反正是你嘴里说的话，一定是在多惠面前把我说成丑陋的阿姨老师，吝啬老师，怪癖老师……你就说我坏话吧！”

多惠回答说：

“阿姨，您别那么说！太树没说那样的话。”

“你叫她阿姨？”

太树不由得瞪大眼睛比较多惠与小松老师的长相。

“是的，我是多惠妈妈的妹妹，今后请允许我顺便常来太树家。”

说完，小松老师朝太树瞪了一眼后消失了。

“糟了，糟了！你为什么不告诉我小松老师是你的嫡亲阿姨？”

太树嘟哝着发牢骚。

“那已经是过去的事了！再说我压根儿就不知道你说的小松老师是阿姨。”

“我还说什么多余的话了？”

“没什么多余的话！现在最重要的是，她已经同意我转到你们班学习。太树，要是有人欺负我，你可要帮帮我哟！”

“行，行，你就放心吧！你也很清楚了，我可不是一般的长相，再说我是大力士，即便六年级的皮大王在我面前也是毕恭毕敬的。”

“六年级皮大王叫什么名字？”

“啊啊，叫上原健太郎，全校学生都对付不了他！可是我上次把他狠揍了一回，揍得他呜呜直哭。”

"嘿,太树还真了不起！"

“是呀,也不是什么时候都那样。”

吹牛只要不被拆穿，可以让吹牛的人感到舒服痛快。然而谎言总要被拆穿的，只是时间的早晚而已。当然太树身上也有优点，过后可以把撒谎内容忘得一干二净。

且说太树早已忘了暑假里对大川多惠说过的话,高高兴兴迎来第二学期的开学典礼。

从这天开始,大川多惠是五(1)班的成员了。班主任还是小松老师。

小松老师向大家介绍了多惠，介绍时并不怎么兴奋,接着要多惠向大家说几句。

“我叫大川多惠，是第一学期结束时搬到附近居住的，暑假期间是在新住宅里度过的。我的邻居家有自称长得最帅的男生，暑假里一直跟我在一起玩。据说他也是这班上的。从他那里,我知道了我们班许多情况，今天来到大家中间，总觉得跟在座的同学们似曾相识。”

听到这里，大家你看我，我看你，开始交头接耳，议论纷纷。那帅男生是谁？总之，大家根本没有想到多惠说的"帅男生"是指太树。

多惠初来乍到，把太树说的全都当真，见大家很感兴趣便口无遮拦地继续说下去：

"那男生说他教训过六年级皮大王上原健太郎，把健太郎揍得呜呜大哭。那男生许诺保护我，不让别的同学欺负我。我想，这班上不会有同学敢欺负我了吧?！"

同学们的注意力全集中在多惠身上，有男生问道：

'喂，多惠，告诉我那帅哥是谁？"

"好的，我也没必要隐瞒大家，因为他是班上力气最大的人！我就说了，他叫中谷太树。"

话音刚落，喧闹声像一股巨大的气浪在教室里翻滚，摇晃着屋顶。有人笑得从椅子上滚到地上，干脆躺在地上用脚跟击打地板。可是太树无动于衷，嘴里反复说跟我没关系，视线穿过玻璃窗朝向操场。

这时，太树后座的黑田友高捶他的背说：

“哎，你是帅哥？那你说说怎么变成帅哥的？”

尽管如此，太树仍然一副若无其事的表情。这时多惠说：

“那个……请问，黑田友高是谁？”

冷不防被人喊了自己的名字，黑田吃了一惊，不由得说了声“到”，随即站了起来。多惠目不转睛地看着他，笑嘻嘻地说道：

“我想跟你交朋友，不过你要保重自己的身体。”

“什么？”

黑田一脸惊奇的表情：

“什么？我，我身体没有什么不舒服呀！”

“是的，那个……也许现在没什么不舒服?！但是，你最好是重点保护身上的肋骨。”

黑田歪着脑袋坐下。

“还有，请问坂井道子是谁？”

“是我哟！”

道子诧异地眨巴着大眼睛，像运动员那样啪地举起右手站起来说：

“那个……我也想成为你的好朋友，因为你漂亮，聪明……”

听到这话后，道子充满戒心的目光望着多惠说：

“我拒绝！”

“为什么？我这么说，是因为你喜欢的男生跟我喜欢的男生是同一个人。”

道子这才微笑着问：

“你说的同一个人，该不会是中谷太树吧?！”

“被你说中了！就是中谷太树。”

“哼！我喜欢他？那我还不如去黑板前面罚站。”

哇！大家又哄堂大笑。接着，道子同情似的对多惠说：

“哎，多惠，你还不了解我们班情况。告诉你吧，但是请你别误会我的好意！我是说心里话。你要想从男生中间选择好朋友，除太树外谁都可以选！唯独太树他，你要离得越远越好。因为他信口开河，大家称他吹破天。谁相信他说的话，谁就会倒霉。你刚才已经看到大家在嘲笑吧？不过，那不是讥笑你，是嘲笑太树。”

多惠不知所措起来，满脸狐疑地看着太树。但是太树没有转过脸来看她，仍然望着窗外。

当然，太树不可能永远装作若无其事的样子。

班会结束了，太树走出校门刚要回家，只见大门口站着个头高高的六年级学生。他就是六年级皮大王上原健太郎。无疑，有人已经向他告密太树说的大话。

健太郎没有立即大打出手，而是保持适当距离跟在太树身后，一直跟到楼梯口才和他说话：

“喂！你心里清楚我为什么在这里吧?！”

健太郎脸上没有一丝笑意，左手把右手指关节掰得嘎嘎直响，摆出要用右拳教训太树的热身架势。

“清楚，清楚！哎呀，你别性急好吗？”

太树边说边环视周围，心想如果有老师或同学从旁边经过就好了，到那时也别在乎羞耻什么的，冲上去抱住他们伤心地号啕大哭就是。

但是，这种时候不会有老师经过。五(1)班的同学们都觉得有趣，笑嘻嘻地站在边上看热闹。

这时多惠出现了。按理她也可以不管这个闲事，但她偏偏笑眯眯地走到健太郎跟前问：

“那个……你就是那个被太树打得呜呜哭泣的上原健太郎吧?！”

健太郎一听这话怒不可遏，瞪大眼睛直愣愣地望着多惠。这当儿，太树趁机抱头鼠窜。可是，没跑多远就被健太郎抓住衣领拽回原地。太树吓得四脚朝天躺在地上，害怕得“哇啊哇啊”大声哭泣。

总之，太树的哭声非常响亮。上原健太郎惊讶地说：

“喂，怎么啦？你就是那个打得我哇哇大哭的家伙？你这么哭不觉得难为情吗？别假哭了！”

刹那间，太树不哭了。

“你呀，真能演戏，一看就知道在假哭。”

健太郎还是板着面孔：

“打起精神来！说说你是怎么狠揍我的，学学我是怎么哇哇大哭的！”

健太郎说完，一把拽起四脚朝天躺在地上的太树。

“怎，怎么模仿才能放过我？”

“哼！你用力气……”

“那个……我……生来就讨厌暴力！”

“这家伙居然还这么说！你不是揍得我大哭吗？好吧，你当着这女孩的面说说时间和地点！”

“哦，我记得是暑假刚开始的时候。”

“什么！”

健太郎一把抓住太树胸前的衣服，把他拽到跟前。

“别，别性急吗！我是暑假刚开始时做了那样的梦。”

“什么梦？”

“是梦见的！那是梦！”

健太郎惊愕地看着太树，太树则笑嘻嘻地说：

“健太郎是全校皮大王！我总是琢磨哪天能把强壮的健太郎打得直哭，要是能那样该多痛快啊！白天这么想，没想到半夜里做了这样的梦。”

“别做那样的梦！”

听了这话，多惠急忙说道。

“你笑什么？”

健太郎问。

“其实，再说别做那样的梦也不管用。因为梦自然形成，我根本阻止不了！”

“不，那不行！我已经前后两次要你别做怪梦。好吧，把裤子脱下来让我打你的屁股！”

“我反对！”

太树伤心地吼叫。

“快脱！”

太树无可奈何地脱下长裤，没有脱里面的短

裤。

“短裤也要脱掉！”

“那怎么行！”

“快脱！”

“哇！”

太树垂头丧气，屁股疼得厉害，只好一跛一跛地回到家里。总之，这回挨打也还是吹牛造成的。当时，除多惠外谁也不打算帮太树说情。再说，多惠也帮不上忙。

“你太过分了！”

多惠抗议。可是健太郎不搭理，对围着看热闹的五(1)班男生们说：

“要是再有人吹牛说大话，他就是榜样！”

太树不停地哭。大家心里明白，健太郎是惹不起的，同时也希望太树这家伙屁股应该再挨几下。

太树回到家里，满眼含泪望着天花板，还不时地跳起来吼叫“浑小子，浑小子”，接着翻开写生夹，在图画纸上，画了一幅健太郎赤膊坐在地上哭泣的漫画。

这时多惠来了，太树急忙合上画夹，把漫画揉成团塞到搁在壁龛间角落的壶里。

“太树，来我家吃点心好吗？我已经把水蜜桃罐头打开了，一个人吃不完。”

“我不吃！”

太树断然拒绝。

“那，我拿来好吗？”

“不吃，你别管我。”

“那好，我一个人在这里吃。”

多惠回家后，把两只装有水蜜桃的玻璃碟放到托盘里端来了。

“我忘把餐叉拿来了，借用一下你家的好吗？”

“好，好。”

太树从厨房取出两把餐叉。多惠接过餐叉，把一只装有水蜜桃的碟子递给太树，慢悠悠地吃起了桃子。太树也嘴馋了，忍不住地吃了起来。

“健太郎太过分了。”

“什么？”

“还有五(1)班的同学也太薄情。”

“别说了！反正谁都不喜欢我，你也不喜欢我。你确实有这样的想法吧?!”

“现在还……”

多惠说完眼睛朝下，泪水不停地涌出眼眶掉落到装有水蜜桃的碟子里。多惠急忙放下碟子，掏出手绢擦拭泪水。趁这当口，太树敏捷地把自己和多惠的碟子调换了。

“怎么啦？”

“什么也没有哟！”

太树边说边把滴有多惠泪水的水蜜桃吃进嘴里。咦！没有泪水的咸味，只有水蜜桃的甜味。

多惠，你再无情，我还是会保护你……

太树想这么说，但是没有说出口，继续吃着水蜜桃。他心里明白，一旦开口又免不了说大话。

“挨打的事别对老师说！”

“我不说！说了也不起作用。”

“你讨厌这所学校吗？”

“太树你呢？”

“我非常讨厌！”

“是吗？我也讨厌！”

他俩说完嘻嘻笑了。那天，直到这时太树才露出笑容。

第二天太树打算逃学，可是多惠来到他家邀请他一起上学。

“太树说他今天头疼请假。我猜他多半是装病。”

太树妈妈对多惠说。

“好吧，我也不上学了，因为学校高年级同学欺负人。太树不上学，我没人保护了，也不想上学了。”

多惠为了让太树听见自己说的话，故意高声大嗓地说。太树果然坐立不安了，话音未落就赶紧出来了。

“那个……糟了！我又做梦了，梦见自己狠揍了健太郎，于是头疼得不行。”

“没关系，我再也不说了。上回给太树添麻烦，实在对不起！哎，我们上学吧。”

太树不情愿地跟在多惠后面去上学。

踏进教室的一瞬间，太树吓得连大气也不敢出，因为健太郎在教室里。奇怪的是，健太郎满脸青肿，最大的乌青肿块上抹着红药水。

“喂！喂！你昨天打我！”

健太郎说完，脸上的五官歪斜起来，好像是疼痛发作了。他仿佛是拖着两条腿走到太树旁边，好像想起什么，毕恭毕敬地让到一边，避开与太树面对面。这当儿，他脸上又浮现出疼痛的表情。

“你说昨天……昨天不是你打我的吗？”

太树战战兢兢地埋怨对方。

“不是的，我根本就没还手！你又是打又是踢的。”

“什么？我什么时候那么做了？”

“别，别装糊涂！”

“我这回可没说大话哟！分开后我就没有见到

你！好吧，那你说说我对你做什么了。”

“你做了非常过分的事。”

“我问你，我到底做什么了？”

“脱我的裤子打我的屁股……”

“噢，我明白了！”

太树微笑着说：

“那个……是梦，是梦！”

“梦？浑小子！如果是梦，我的脸怎么到处是乌青块？”

“我没说假话哟！是梦，我做梦了。”

“哼，有证据证明那是梦吗？我妈妈问你要赔偿费！”

健太郎说完，皱着眉头从教室出去。

“怎么回事？”

多惠不由得担心起来。

“我不知道是怎么回事，我好像对健太郎做了过分的事。”

“那，真的吗？”

“不，是梦！”

“哼！”

多惠大吼一声，扫视周围。大家眼睛朝下，身体缩成一团，害怕直视多惠的目光。

# 健太郎的噩梦

响过上课铃后，有陌生阿姨和小松老师走进教室。阿姨年龄好像比小松老师稍大几岁，看到太树就跳了起来：

“我没看错，就是这男生！他半夜上我家，脱下健太郎的短裤使劲打他屁股，把健太郎打哭了。他逃走的时候是从楼梯上滚下去的。肯定是他！”

她是健太郎的妈妈。太树目瞪口呆地看着她，同学们则胆怯地望着太树。咦！居然有这样的事！如果只是健太郎大声嚷嚷，说不定是健太郎自导自演的玩笑。但是，难以想象母子故意串通来学校胡闹。健太郎妈妈还声称，如果说有人撒谎，那肯定是太树！

只是大家难以相信，胆小鬼太树居然敢脱下健太郎的裤子打他的屁股。

“你有什么证据证明中谷太树打你的儿子？”

小松老师边问边比较太树和健太郎妈妈脸上的表情。

“你要证据我没有，不过我是亲眼看见的。”

“可是，也许你认错人了？”

“这……”

“想一想，会不会是认错人了？”

“小松老师，你不必怀疑我的视力！我从小学开始就是5.0哟！”

“我不是那意思……健太郎妈妈，你刚才说是半夜里看见太树去你家的。这么说，玄关门没锁上？”

“锁？我不知道！我是听到叫嚷声后跑去那里

的。当时，我看到这男孩脱下我家健太郎的短裤后使劲打他屁股，打得健太郎又哭又叫的……”

听到这，小松老师不得不歪斜着脸打量太树。

“瞎说！老师，我怎么可能做那样的事！再说昨晚，我一步也没踏出家门。还有健太郎是高年级前辈，在我们学校就数他个头最高力气最大。这么厉害的健太郎，我怎么可能打得过他。就说昨天放学吧，是健太郎在楼梯口脱我的裤子打我的屁股……”

太树说不下去了，伤心地掉起眼泪来。

“是吧，昨天的情况大家都看见了吧?！”

太树希望大家实话实说。可是没人应声说“是的”。太树心想，如果大家都不吱声，自己肯定会遭到小松老师的怀疑，便用目光向多惠求救。

此刻，多惠正目不转睛地看着健太郎妈妈，慢悠悠地嘟哝着说：

“我觉得阿姨没有撒谎。”

“喂，喂，别说怪话！”

太树的嘴里发出悲鸣。

“其实，阿姨说这话是非常认真的。”

“我说话也是非常认真的哟！”

太树说。

“别说了，多惠……不，大川多惠，究竟是怎么回事？”

小松老师站到教室中央问。

“我的直觉告诉我，双方说的都是实话……”

“怎么可能，傻瓜！”

小松老师惊讶地说：

“这样吧，健太郎妈妈，这件事让我调查后再说吧！今天就到这里好吗？顺便说一下，这事好像不是单方面造成的。”

小松老师打算给这件事画上休止符。

“那怎么可能！我家健太郎胆小得连蚂蚁都不敢踩！”

话音未落，没想到大家都哧哧地笑起来。

“明白了，暂时就到这儿，这事就交给我吧！”

小松老师总算把健太郎妈妈打发到教室外面走

廊上，离开教室时小松老师狠狠地瞪了太树一眼。

过了一会，小松老师回到教室双臂交叠在胸前，“唉”了一声后两眼又目不转睛地望着太树。

“那个……老师，我该怎么办？”

太树哆哆嗦嗦地问老师。

“哦，到底是谁在做梦？”

小松老师无精打采地问。

“那个……做梦的应该是我，可是……”

“知道了，别再做那样的梦！”

“是，是。”

“不要担心！从今晚开始关门睡觉。”

说完，小松老师好像想起什么似的，噔噔噔地离开教室走了。

太树心情糟透了，因为大家都在用怀疑的目光看着他。

“啊，各位，我能做那样的事吗？”

太树吼道，随后又连忙改口说：

“那样的事我能做吗？”

“是呀！我看也许是爱撒谎的太树假装老实。”

说这话的是黑田友高。太树火了，转过身瞪着眼睛看他。

“喂喂，可怕！你这眼神我受不了！你又想做什么？”

黑田故意装作在打哆嗦。

“你说什么？”

太树稍稍探出上身，但是察觉到多惠正看着自己便住手了。

多惠在想什么？也许不相信我说的话……

课间休息时，多惠走到太树身旁：

“哎，太树，你说要抽掉黑田君身上两三根肋骨，但我觉得你不会那么做吧？”

“什么？我说过那话吗？”

太树惊愕得看着多惠。

“讨厌！你忘了？你那张测验卷反面不是这么写的吗？让小松老师吓得直不起腰，让坂井道子变成猪什么。”

“什么什么？我写那样的话了吗？”

“讨厌！因为你已经忘了。”

“有这么回事吗？抽掉黑田的两三根肋骨……”

“哎，你不会那么做吧？”

“我可不会那样的魔术！”

但是，有人在他俩周围晃来晃去全都听到了，多管闲事地把话传到黑田的耳朵里。

黑田听了以后满不在乎地说：

“嘿，他如果有胆量那就试试看！”

嘴上这么说了，黑田心里还是有点恐惧。他这样担心也不是没道理，因为全校皮大王健太郎也被他脱掉短裤打了屁股。

我必须在肋骨被抽掉前先教训他……

黑田这么想。

这时，六年级学生小山正夫来到黑田家里。他就住在附近。

“喂，黑田，教训健太郎的五年级学生是你们班的吗？告诉我，他长什么模样。”

其实，小山正夫也是皮大王，在六年级男生中名气仅排在健太郎之后。黑田扑哧笑了。

原来是这么回事。好，我不用出面，只需让小山前辈代我教训他就行了。想到这，黑田故意装作害怕的样子：

“前辈，希望你帮帮我。教训健太郎的家伙扬言要抽掉我身上两三根肋骨。可我没做过什么对不起他的事呀！偏偏……”

“嘿，这家伙简直吹大牛！”

小山正夫听得目瞪口呆。

放学后，太树来到多惠身旁。

“那个……我总觉得今天有不祥预兆，你陪我一起走回家好吗？”

“不行！”

说这话的是坂井道子：

“多惠今天跟我们一起回家。”

多惠表情困惑，心里很不愿与坂井道子一起回家。

“听好了，我希望你无论如何要帮帮我。”

“为什么？”

“我预感有人要打我。”

“你说什么呀？你教训过健太郎哟。”

“那不是我！是他妈妈认错人了！好啦，希望你别说了。”

“讨厌！你说过要把我变成猪的。”

“别说了！”

“你是说过的吧，我来问多惠。”

“别问了，那与多惠没关系，好吧，我是说过的。”

“说清楚点。”

“我，我是说了，对不起，我愿意赔礼道歉。”

“哼，光赔礼道歉不行。”

坂井道子故意刁难太树。

“那你说怎么办？”

“你变成猪。”

“好，那容易。”

太树当场趴在地上学猪哇哇嚎叫。

“太树，快爬起来！”

多惠怒气冲冲地尖着嗓子吼道。这时，黑田来喊太树：

“喂，太树，小山有话跟你说。”

“果然……”

太树失望地站起来叹了一口气。

“你说果然……是不是事先知道什么了？”

黑田装傻，假惺惺地问太树。

“哦，我今天有预感，好像要挨什么人揍。”

“你给我振作点！你不是说要抽掉我两三根肋骨吗？你敢那么说就别害怕。”

“奇怪！”

太树冷冰冰地说，没想到连黑田也说那样的话。

“没胆量了吧？是不是已估计见到小山后要挨揍？”

逃跑已经不可能！因为黑田紧紧抓住了太树裤

腰上的皮带。

“多惠，你帮帮我！”

“好，我去叫老师！”

但是她也已经走不了了，被道子拽住了。道子还对身边其他人说：

“我们也去看太树的笑话！”

太树被黑田拽着来到体育馆后，那里不仅站着小山正夫，还站着满脸乌青的健太郎。太树顿时吓得瘫软在地，可黑田恶作剧似的握住太树裤腰上的皮带把他拽起来。

见太树这副模样，小山不屑一顾地哼了哼鼻子，对身边的健太郎说：

“喂，健太郎，把你打得鼻青眼肿的家伙肯定是他吗？”

“啊，嗯。”

健太郎有气无力地回答。

“我不信。”

“我信……”

突如其来的声音把他们吓了一跳，循声望去，原来是被坂井道子拽来的多惠。

“我信，我是亲眼看到的！真是那么回事！我昨晚去洗手间，无意间朝外面看，看见太树在我家门口奔跑。”

“果真有那么回事！”

健太郎半信半疑，但是太树大吃一惊。

“胡说八道！”

“怎么胡说八道！”

多惠不看太树，继续对健太郎说：

“健太郎，你就是叫人揍太树，我想太树今晚也还要去你家的。”

“别，别说傻话！”

果然，健太郎慌起来：

“我，并没有托小山替我报仇。小山只是叫我来看有趣的东西，我才来这的。”

“啊啊，原来是那样呵。你是觉得看太树挨揍有趣才来这的？那好，太树今晚还会去你家。”

“别，别乱来！”

健太郎终于忍不住了：

“这跟我无关，回家，回家！”

“不准回家！”

多惠厉声嚷道。

“怎么？”

健太郎尖叫。

“你是知道太树挨打才决定回家的，明明是见死不救吗！因此，今晚太树还是会……”

“真拿你没办法。”

多惠板起脸说：

“那，你打算怎么办？”

不知何时，健太郎早已把太树扔在一边，与多惠商量起来。

“是的，你要保护好太树！如果有人打他，你就要站出来说话，否则他今晚还是会……”

“明白了，明白了！”

健太郎说完垂头丧气地朝小山走去：“我的事

与他无关也与你无关，你别欺负他。”随后扇了小山一巴掌。冷不丁被人扇一巴掌，小山不高兴了。

“喂，我做错什么了？”

小山捂着被打红的脸问。这时，多惠代替健太郎说：

“因为你要教训太树。”

“对，就是这原因。”

健太郎随声附和。

“我还没决定这么做呢！都怪黑田那家伙挑拨……”

“健太郎，是黑田做小动作！”

多惠说。黑田拔腿就跑，健太郎对小山说：

“你去把他抓回来！”

小山追上黑田后狠狠教训了他一顿。

“好了，小山，可以了！”

健太郎嚷道。太树压根儿不明白健太郎和多惠在唱哪出戏。这时多惠对太树说：

“你今晚别再去健太郎家好吗？”

“哎，健太郎，你求求他！”

“嗯，我求你了，太树，今晚请你别再来我家。”

说完，健太郎诚恳地朝太树鞠了一躬。坂井道子见状笑了起来，健太郎听到笑声怒目圆睁地朝着女生问：

“谁在笑？”

女生们吓得脸色煞白连连后退，一时间“哇”地发出马嘶般的尖叫声抱头鼠窜。健太郎假装追赶趁机离开多惠和太树，心想要是被指使干更荒唐的事那就更受不了了。

紧急关头太树得到了多惠的帮助，但不知为什么还是觉得不放心。

“喂，你那么说不要紧吗？”

“要紧不要紧，你到明天就知道了。”

太树叹了一口气。

且说第二天健太郎又在教室里等候太树。

“唉！你太固执了呀！”

太树叹了一口气轻轻地说。

“固执的是你！”

健太郎用失望的声音发牢骚说。

“还是去了？”

多惠问。不知多惠何时来到一旁。

“反正，我们认真谈谈好吗？”

健太郎抓住太树和多惠的手腕，把他俩带到空无一人的音乐教室里。

“那个……我又做什么了？”

“别装糊涂好吗？”

“那你详细告我，我做什么了？”

“哎呀，要说做了什么吧，其实什么也没做。”

“太好了！”

多惠放心地说。

“好什么呀！我看见的！”

“只是看见是吧？”

“嗯，总之是那么回事……”

“如果那样，不算问题。”

“那算问题！”

健太郎说这话时一脸冷冰冰的表情。

“为什么？”

健太郎没有回答，一直看着太树，为慎重起见又问道：

“真记不得了？”

“嗯。”

“说出来你别笑话！我哪，半夜里尿裤子了！”

“那，怎么回事？”

“是那样的，我半夜上洗手间小便，发现你站在二楼洗手间玻璃窗外看我。我吓了一跳，用睡衣从头到尾把自己裹起来。”

“可……怕！”

健太郎先是抱住太树，哭泣着又抱住多惠：

“求你了，我已经求你了，请不要再来我家！今后你尽管吩咐，我什么都听，喂，求你了，否则……”

健太郎认真地说完满眼热泪。没想到太树也慌起来。

“哇啊……危险！”太树捂住嘴巴。

“我昨晚做梦，梦见自己在偷看健太郎家亮着灯光的玻璃窗，感到有危险便睁开眼睛醒了。”

“是吗？你是夜游症患者？那可不是梦哟！”

健太郎一本正经。多惠思考了好一会儿点了点头说：

“哎，这夜游症怎么办？这样吧！太树去健太郎家住，晚上睡觉时让健太郎把太树的手脚捆住。健太郎也可以去太树家住，不让太树半夜睡觉时梦游！”

“嗯，好，试试看！”

健太郎赞成。但是，太树心想……不会是把我手脚捆住使坏吧……

多惠看了看太树的表情：

“没关系！太树睡觉时没什么奇怪举动。”

“啊啊，如果那样就让姐姐监视他。姐姐考试落榜后一直通宵达旦地复习功课。你可以来我家住。”

“我去你家住？那方便吗？”

太树仍在想。

“哎，太树，我跟妈妈说，接你来我家住是为了重归于好。还让妈妈给我们做好吃的。”

“嗯，会给我们做好吃的吗？”

“当然喽，你看就这样办行吗？”

“嗯。”太树兴致勃勃。大家决定回家后再打电话商定，今晚就落实。最后，三个人仿佛是交往很久的好朋友，微笑着握手告别。

但是教室里的气氛并不友好，大家开始说太树和多惠的坏话，黑田和道子还共同要求他俩在当天班会上检讨。

理由是，太树和多惠与六年级皮大王学生相互勾结欺负同学。

“简直是信口开河！我们根本就没做什么需要检讨的坏事！”

多惠怒发冲冠，冲到班长跟前辩论，分明是为太树的事在与班长争执。偏偏关键人物太树倒漠不关心，还无精打采地在打瞌睡。多惠不由朝太树吼叫：

“太树，你也认真说说！”可是太树睡眼惺忪，稀里糊涂地说：

“那个……应该怎么说呢？”

# 真假太树

多惠声色俱厉：

“太树！打起精神来！大家都在说我俩和健太郎勾结欺负同学。明明是胡说八道！”

“啊呀……”

听到太树懒洋洋地回答，多惠与其说要发脾气，不如说瞠目结舌。她目不转睛地望着太树，泪水夺眶而出。

“多惠，太树没有责任心，你帮他的忙，自己也会被当成傻瓜的！”

坂井道子在一旁嘲笑。

“可我们没做坏事。也许健太郎威胁过别人，但大家不是见过太树遭健太郎欺负吗？”

多惠瞪着眼睛对道子说。

“是呀，多惠就算了，但是太树应该受到惩罚。”

黑田的提议得到大家的赞成。

“黑田，你卑鄙！”

多惠脱口而出。

“是你教唆小山教训太树的吧？”

“怎么能那么说！我这么做，还不是因为太树要抽掉我的肋骨！”

“那也要等到抽掉以后才算嘛。”

没想到黑田惊讶地瞪大眼睛。这时，道子尖叫说：

“等到既成事实再惩罚那就太迟了！不是说防患于未然吗！我不赞成多惠的说法，因为太树还说过要把我变成猪。”

"那好，怎么惩罚他？"

“让他在大家面前发毒誓，让他向我和黑田道歉，保证今后再不发生那样的事。”

大家看着太树等他回答。太树坐立不安地站起来，无精打采地说道：

“要我怎么道歉都可以，但就是不能发毒誓，我可不知道今后发生的事会不会一定是我干的。”

“别装蒜！你想蒙混过关？休想！”

道子语气严厉。多惠说：

“等一下！为了证明到底是做梦还是事实，我们已经想出实验办法了。在结果没有出来之前请允许太树不发毒誓。至于实验办法，我暂时还不能明说。但今晚就进行实验。”

“那好，能不能让我们也参加你说的实验？”

“当然可以，不过实验要在健太郎家进行，要先问问健太郎的意见。”

“他果然是你们的首领！”

“那也要通过实验才能核实清楚。”

大家将信将疑地看着多惠。

课间休息，道子去六年级健太郎的教室，希望他同意自己和黑田一同参加实验。

“哎呀，既然太树他们同意那我没意见，只是还要看看我妈妈的态度，我打电话问问。”

过了一会儿，健太郎来到太树教室对道子说：

“我妈妈说男生可以来我家，女生不可以。”

“啊，为什么？”

“原因么，你自己问我妈妈吧！我把家里的电话号码抄给你。”

“好，我马上打电话向你妈妈求情。”

也不知是否有什么特殊关系，道子竟然得到了许可。结果太树、黑田和道子可以一起参加实验。

回家路上，多惠对太树说：

“我很担心！我总觉得道子在耍小聪明。她脸上的表情似乎在说，太树，你倒霉的时候到了……”

“不会是想揍我吧？”

“那不至于吧！不过我还是为你担心。”

这时健太郎来了。

“哎，健太郎，你要保护好太树。”

“什么，要求保护的应该是我呀！”

“不是那回事！你别让黑田和道子对手脚捆住的太树使坏！你要认真监视他俩！”

“我万一睡着了怎么办？因为我这几天晚上总是睡不着。”

健太郎没有自信。

“好吧，如果有人对太树使坏，那健太郎你会遭到报复的。”

多惠愤愤不平地说。

“明白了！别威胁我！你就放心把太树交给我吧！”

“我是诚心诚意求你。”

“啊啊，我知道了。”

健太郎一边答应一边目不斜视地看着多惠，接着羡慕地说：

”你这么不放心太树，是不是真喜欢上他了？”

听了这话，多惠不动声色地答道：

“现在可不是说喜欢和讨厌的时候。”

这当儿，太树一边苦思冥想一边朝前走，冷不防撞上了路边的卡车，扑通一声倒在地上。

健太郎见状歪着脸说：

“实在想不通啊！难道每晚我真的是受太树的威胁……也许还有一个太树?！”

“所以，你今晚要核实清楚呀。”

“是啊。”

太树不停地摸着额头，走到他俩跟前。

“哎，太树，你今晚在我家吃饭吧。”

“嗯，谢谢！先跟你妈妈打个招呼吧。”

“啊啊，看我的！”

说完，健太郎奔跑着离开了。

“嗨嗨嗨，会给我做好吃的吗？”

太树笑嘻嘻地问。多惠发脾气说：

“太树，你倒悠闲还说什么吃的。我在替你担心哟！不知道今晚会发生什么？可是你的脑瓜子里只

装着健太郎妈妈会给你做什么好吃的。今晚，说不准黑田和道子会联手欺负你哟！”

“啊！原来是这么回事！”

太树脸上这才现出担心的神情。

太树回到家正要开门，妈妈飞也似的从屋里跑出来开门。

“太树，你立刻跟妈妈出门。”

“去哪里？”

“箱根。”

“箱根？”

“嗯，刚才电视上说有一辆子弹头面包车被撞翻了。那是你爸爸公司生产的哟！”

“糟糕！”

这下可好，太树非但不能去健太郎家做实验，还必须火速赶往车站。就这样，母子俩匆匆乘上电车直接去了箱根。

在车站广场上，太树妈妈向警署打听到事故发生的地点。这时，听到有人喊“太树！太树！”循声望去，爸爸从子弹头车窗内探出脸来向太树招手示意。

“爸爸！电视上说子弹头车发生事故了，我们就赶来了！”

“嗯，确实发生事故了，但事故车不是我们公司生产的。我刚才往家里打电话，但是没人接……”

妈妈这才闹明白，难为情地握住爸爸的手。坐在子弹头车上的人们嬉笑道：

“哇，这情景太动人了！“

这天，中谷太树一家三口就住在箱根宾馆。

第二天，太树和妈妈乘头班电车赶到家里，然而太树上学还是迟到了。

“昨天，妈妈在电视里听说爸爸公司生产的子弹头车出了事故，赶紧带上我去了箱根。爸爸说事故车是其他公司生产的。昨晚我们全家在箱根宾馆住宿，今天早晨我和妈妈乘早班车回家，所以上学迟到了。”

太树向小松老师解释迟到原因。这时，有人在背后接二连三地说："撒谎！撒谎！"

"说什么废话！黑田，你干脆说太树撒什么谎了！"

小松老师指责。于是，黑田发问：

"太树，你那么说有什么证据吗？"

太树不高兴了。

"你昨天整晚不是待在健太郎家吗？我们也在那里哟！"

"我？"

"是的，我不是也一直跟你在一起吗？"

道子一边那么说，一边哧哧地笑。

"怎么可能发生那种傻事？"

太树惊讶地说完，然后看着多惠，希望她能帮自己说话，但是多惠只是满腔狐疑地摇头，好像在说"我不知道"。

"你是因为不好意思说跟我们在一起发生了什么吧？"

道子用刁难的语气说，随后哧哧地笑了。

“咦，奇怪呀！我与爸妈在箱根宾馆住了一晚上是千真万确的呀。如果你们觉得我吹牛，那就立即打电话到宾馆核实好了。”

“是呀，是呀，最好别那么说。”

道子纠缠不休，用嘲笑的口吻说完又嘻嘻笑了。

“讨厌！你说说我做什么了吗？”

“那你最好问自己。”

“讨厌！你想怎样就怎样吧！”

这时，小松老师一脸厌烦，似乎在说你们几个又要吵架吗？

“喂，你们该停止争执！等一会儿再慢慢说！好，继续上课！”

课间休息时，太树不太放心就去了六年级健太郎的教室，打算说明昨晚不能在他家的理由，再向他道歉。可是，健太郎看着太树说：

“喂，太树，你来我这里居然一点也不感到害臊！你的脑子到底出什么问题啦？”

太树听健太郎说完后，呆若木鸡。

啊，这么说难道还有一个跟我相似的太树，代替我出现在健太郎的家……

“喂，健太郎，你说说我昨晚在你家干吗了？”

太树表情严肃地问健太郎。健太郎的视线笔直刷向太树，仿佛要在他脸上凿一个洞。健太郎反问太树：

“昨晚的事你真没记住？”

“嗯。因为我昨晚确实在箱根宾馆借宿，电视上说我爸爸公司生产的子弹头车翻车了，妈妈急着把我带到爸爸的公司去，所以我没能遵守与健太郎之间的约定，当时也来不及打电话说明情况……”

“等一下！你说你昨晚没来？”

“嗯，因为我昨天刚回到家，妈妈就铁青着脸要我立刻跟她出发……”

太树把昨天的情况解释给健太郎听，接着说：“如果怀疑，你可以打电话给我妈妈或宾馆查实。”健太郎两眼一眨不眨地看着太树：“这……如果你说的是事实，那昨晚住我家的人又是谁？”

“别胡说！我是想核实情况才那么问你的，偏偏……”

“哎，我先跟你挑明了吧，你昨晚肯定在我家！我们家人，还有黑田和道子都知道。”

“接着说！我做什么了？”

“奇怪……”

健太郎说，昨晚沏咖啡时黑田和道子就来了，那时太树还没来。打电话到太树家，电话那头也没人接听，于是人家开始嘟嘟哝哝地发牢骚。就在这时，太树神不知鬼不觉地出现了。

“他没有因为迟到说对不起，而是直接跑到我房间躺在床上像死人那样睡着了……”

说到这里，健太郎打量了一眼周围。

“发生什么啦？”

“那个……我先说说坂井道子，她人长得漂亮，学习成绩也好，就是喜欢恶作剧！”

“道子做什么啦？”

“她趁你睡得不省人事的时候，用红油笔把你脸上涂得通红通红的。”

“啧！”

“你脸上红彤彤的，像咸明太鱼子那样傻笑。我不让你笑，绑住你的手脚，你一动不动地躺在床上。黑田一会儿在你的脚底挠痒痒，一会儿用纸捻儿捣你的鼻孔……后来还说，怎么都要把你弄醒，要让你看看自己被五花大绑的模样，那才好玩呢。可你就是不睁开眼睛。道子见状又恶作剧……”

太树听着听着怒上心头。健太郎又说：

“道子说，你扬言要把她变成猪。她说完野蛮地掰开你的嘴，把芥末挤到你的嘴里，给你拍了一张照片。”

“健太郎，你没制止她？”

“我想制止她，可是那家伙眼神恶狠狠的。我被吓呆了。”

上课铃响了，太树离开健太郎的教室。

“哎，太树，这事我没告诉任何人，你别担心。”

太树离开时，健太郎拍着他的肩膀友善地说。

太树回到五(1)班教室，感觉气氛有些不可思议，因为大家正笑嘻嘻地用奇怪的眼神看着他。

接下来课间休息，太树被多惠喊到走廊上：

“太树，你昨晚真没去健太郎家吗？”

“我怎么可能会去！我跟爸爸妈妈三个人一起住在箱根宾馆。那家宾馆以前是我爸妈新婚旅游最后借宿的地方。那天我爸妈又跳又蹦的，高兴得一塌糊涂，还好没出什么事。”

“哎，你去时为什么不跟我说一下？”

“情况太紧急了！因为电视上说爸爸公司生产的子弹头车发生事故，妈妈慌慌张张地没问清楚就拉着我出发了。”

“如果你先告诉我了，我就可以拆穿道子的谎话，然而……”

“你说道子撒谎，是不是指……用红油笔把我的脸涂得通红通红的事？”

“什么？她那么做了吗？”

多惠瞠目结舌。

“据说道子那么做了。”

“真的吗？她真那么做了？”

“嗯，健太郎这么说的。”

“可是，道子说是健太郎用油性笔把你脸上涂成红色的啊！”

“接着说，黑田说了什么？”

“他只是笑嘻嘻地说‘是的，是的’，然后点点头，可是太树本人并没被弄成那样啊。你别当它一回事。”

“嗯，但那恐怕不行吧？”

“为什么？”

“据说道子不仅那么做了，还把我当时的模样拍成照片。”

“什么？”

“要是照片上的尴尬模样被大家看见，那可就麻烦了。”

“是呀，太过分了！”

“健太郎说，道子在我脸上涂红颜色，黑田在我身上挠痒痒，还用纸捻儿捣我的鼻孔。”

“太树，幸亏别人在你脸上涂红颜色。你如果自己给自己涂红颜色，那可就难为情了？因为当时，你的手脚被捆住后动弹不了。再说他们是三个对付你一个，你再有能耐也不是他们的对手呀……可是，健太郎也太缺乏责任心了！我托他保护你，可你没受到保护，他得承担责任。”

“别说了！他说自己当时目瞪口呆地看着他们胡来。”

“他那么傻呀！你求他解围了吧？”

“他说我睡得像死猪没一点反应。”

“是呀，那说法也挺奇怪！道子说，你还求助来着，可健太郎不吭声，还说最好把来龙去脉调查得水落石出。好了，看我的。”

多惠扑哧笑了。

午休时，健太郎把道子、黑田和太树三个人从教室里喊出来。他们三人跟着健太郎去了游泳池边上，多惠在那里等候。

“怎么回事？”

道子不客气地问健太郎。

“那个……我当时跟你俩约好这事不准告诉任何人，可是你俩毁约了。”

健太郎瞪大眼睛盯着道子和黑田。

“因为，太树跟老师撒谎说，迟到原因是昨晚在箱根借宿，路程太远。”道子噘起嘴巴说。

健太郎问：

“你们到处说我对太树使坏，其实使坏的是你坂井道子！”

“啊，你怎么那么说！事实上真正使坏的是你健太郎！我一个女孩能那么做吗？健太郎，你说过要报复太树的。”

“啊，你这魔女！喂，黑田，你看见了吧？你也该清楚是我还是坂井道子在使坏。”

“那，那不是明摆着的吗！”

黑田含糊其辞。

“什么明摆着的？给我说清楚。”

“我现在不想说。”

“什么？你这家伙。”

健太郎想要朝黑田扑过去，被多惠劝住。

“住手！不是说好不打架吗！”

“嗯，是说好的，可这家伙太不像话了……哎，太树！你应该知道搞恶作剧的家伙是谁？”

不用说，太树没法回答。

如果他们捉弄过自己，脸上应该有痕迹，可是自己脸上什么也没有呀。

“不过，道子……”

多惠冷静地说：

“你跟我说，‘太树哭着求助，但健太郎不理他’。我想让太树说说有没有那么回事。”

这时，道子看了一眼太树狡猾地笑道：

“都怪我！说太树求助是我瞎编的。那么说才有吸引力嘛。当时，太树就像被灌了安眠药那样一动不动地躺着，他根本不可能知道发生了什么。总之是健太郎使的坏。我打算把这些告诉健太郎的班主任杉山老师。”

“喂，太树，你一定要想办法帮我说说哟！”

上原健太郎发出悲鸣。

# 道子成了“白毛猪”

“我觉得健太郎没有对我使坏。”

太树说完，道子嘲笑般地抽搐着鼻尖：

“过几天等照片印出来，我就有证据了。是啊，在这之前你俩尽量要友好地去吧！我该回家了，黑田，咱们走！”

道子猛地把头一扬就走了。黑田满脸失望地跟在后头。目送他俩的背影消失，健太郎重重地叹了口气说：

“真拿他俩没办法！是呀，我说……太树，你无论如何都要帮帮我，否则我有口难辩！”

“行！只要帮得上，我一定帮你……”

太树也叹了口气，默默地看着他俩消失的方向。多惠镇定自若地说：

“别着急！看到道子说的照片之后我们再想办法。”

“好的。不过，太树，我真的没做过道子说的那些事。”

“我明白了，健太郎不是那样的人。”

得到太树安慰，健太郎放心地笑出了声。

太树和多惠在五(1)班被完全孤立了。大约一个星期后，虽然道子什么也没说，但太树开始讨厌上学。就连三四年级的同学也嘲笑太树，似乎在说：“我们也知道。”低年级同学也在用异样的神情看他。太树忍不住了，朝他们大声吼叫，于是低年级同学哈哈大笑着逃走了。

道子到处散布流言，太树起初没当一回事。但是有一天连一年级同学都在讥笑说："太树脸红得像猴子屁股。"

放学回家路上，太树对多惠说：

"我，要生气了。"

多惠没有回答，只是说：

"道子拍摄的照片可能还没有印出来，不然整个学校会传得沸沸扬扬。如果你不声不响，不理不睬，那作为证据的照片也许就不起作用了。"

"也许吧。"

回到家，太树为了跟健太郎通气，骑上自行车飞似的来到健太郎家。

可是，健太郎见到他时一脸的闷闷不乐。

"那个……刚才道子打来电话说照片印出来了……"

"什么？"

"是的，我让她拿来，她说担心撕坏不给我看。"

"后来呢？"

"她还说今后如果我干涉他们，她就把照片送到班主任杉山老师那里。简直是魔女！”

“那好，我去她家！”

太树离开健太郎家后又骑自行车去了道子家。道子不在家，出来开门的是一个戴着眼镜好像有点神经质的中学生。他是道子的哥哥，瞪大眼睛问：“有什么事吗？”

“有点事，不过我得跟道子本人说才行。说出来你也不会明白。我是为照片来的。”

“照片？”

“是的，道子上回在六年级同学健太郎家拍的照片。”

“这么说，你就是中谷太树？”

“是的。”

“原来是这么回事，你就是中谷太树啊……”

道子哥哥笑嘻嘻地把太树从头到脚打量了一遍，然后说：

“你其他没怎么吧？”

“什么没怎么？”

“别装糊涂！你是男子汉吗？”

“是。”

“真的吗？你为什么要使坏？”

“不对，使坏的人是道子。”

“你说什么？你知道吗，有的话可以说，有的话不可以说。道子是女孩，怎么可能……”

“可是，使坏的人确实是道子。”

“有证据吗？”

“我想你看了照片后就明白了。”

“你口无遮拦！回去！”

说完，道子哥哥冷不防敲了一下太树的脑袋：

“好了吗？要是想对道子使坏，那就等着我收拾你，我是不会轻易放过你的。”

太树把脚踩在自行车踏板上，转过脸吼道：

“你这家伙胡说什么？你妹妹专门使坏！蠢猪！”

道子哥哥脸色骤变，气势汹汹地跑过去想要打架。太树赶紧骑上自行车使劲地蹬踏板，可是自行车一动不动。原来，道子站在自行车前面，两手正抓着太树的自行车龙头，叉开双脚使劲阻挡车子前进。

“糟啦！”

太树这么想的一瞬间，太树已经四脚朝天随自行车一起倒在地上。道子哥哥抓住太树衣领把他拽下自行车，太树拼命挣脱想爬起来逃走，可是衣领被抓住后怎么也逃不掉。好不容易衣领挣脱了，屁股上又被重重蹬了一脚，太树脑袋一下子撞到了地面。

“咣当！”

太树顿时眼冒金星，鼻血直流，但这时不能磨磨蹭蹭。道子站在旁边嚷道：

“哥哥，别打其他地方，就打他屁股。”

“好！”

道子哥哥把手放在太树的裤腰皮带上，没想到太树使劲咬住他的手。

“哎哟……”

道子哥哥痛得直叫唤，想把手挣脱出来。

这时，松寿庵饭店的年轻送货员凑巧路过。

“干什么？别咬，别咬！”

附近的人听到叫声纷纷围上来。

“你是中学生吧？中学生欺负小学生可不好哟！”

“别说废话！是他咬我！”

“那他脸怎么肿了？”

道子哥哥也许觉得周围的人纷纷站在太树一边，尽管喘着粗气，还是一溜烟地跑进了玄关。道子骂完太树后也跑进了玄关。

“中谷太树是狂犬！”

太树回家，多惠看到他的脸心如刀绞地嚷道：

“怎么啦？”

“没怎么哟！突然有一头白毛猪从自行车前面穿过，我立刻急刹车，没想到踩踏板时用力过猛就摔倒在地。”

“白毛猪？”

“啊啊，一个白毛猪模样的女孩！”

“太危险了！我给你涂消毒药水。”

“行了，我自己来。”

太树将多惠赶回家后走回屋，感到整个脸像被酷暑晒过那般火辣辣地疼痛。

“道子哥哥蛮不讲理，太浑了！”

太树一边吼一边在屋里走来走去，接着从桌上写生夹里取出图画纸画了道子脸的漫画，在旁边注上白毛猪坂井道子，找出大头针把它固定在墙上当作投镖靶子。

这时，传来多惠的声音：

“太树，我把药拿来了。”

多惠像在自己家里那样直出直进，太树赶紧撕下镖靶揉成团，塞入搁在壁嵌间角落的壶里。

眼下，太树不打算把挨道子哥哥揍的事告诉多惠。

“消毒后一定要敷药！半边脸擦破渗血了哟！别怕疼，这不是红药水。”

太树没有吱声，让多惠为自己敷药。消毒液渗入擦破部位，太树觉得像被火烧伤似的疼极了。他使劲忍住疼痛，哗哗地流眼泪，泪水流到擦伤部位。

“哎，真是交通事故吗？”

“啊啊。”

“如果是的，那最好去医院治疗，因为医药费可以去交通安全协会报销。”

“那太麻烦了，免了吧！”

“好吧。只要我能做的，尽管吩咐！”

“那个……那你待在旁边，但什么也别说，一动不动地坐着好吗？”

“你要是喋喋不休，我脾气上来会赶你出去的。”

“明白了。”

这时健太郎来了。

“你好，咦！你的脸怎么啦？”

“从自行车上摔到地上。”

“危险！那个……看到照片了吧？”

“嗯。”

“莫非你是被那家伙的哥哥……”

“别往下猜了……多惠，去厨房沏两杯可可，再削几只梨子端来。”

“好呀！”

多惠拿来可可和梨子的时候，太树和健太郎什么话也没有说，喝完可可，又开始吃梨，也还是一声不吭。健太郎回家时叮嘱太树：

“太树，千万别做傻事！”

第二天道子没有按时上学，迟到了，是在妈妈陪同下来学校的。

道子妈妈指责太树时简直和健太郎妈妈一模一样：

“这男生打我的女儿！”

道子妈妈怒气冲冲紧盯着太树，眼神仿佛要一口把他吞下，太阳穴一跳一跳的。

哇！这情景与健太郎妈妈那时候完全一样，好像又发生同样的事了……

太树思索。

道子妈妈用颤抖的声音说：

“老师！你要狠狠地教训他！不然的话，我……”

“等，等一下！”

小松老师也不由得慌起来，连忙制止道子妈妈，看了一眼太树问：

“太树，你做了什么？”

这时候，道子伤心地哭着说：

“不要让他……不要让他说！”

小松老师犹如摸不着头脑的丈二和尚，比较着道子和太树两人脸上的表情。

“我，什么也没做。”

太树惊讶地说。

这时，道子妈妈尖叫：

“你说你什么也没做，呵，你做了那么过分的事，而且明摆着是你做的。你竟敢说没有！好吧，我来说说你对我女儿做了什么。”

道子妈妈正要往下说，道子用力捣了她一下。

“道子，你干什么？难道我不疼吗?！我是为你的事才来学校的。”

“我没有请你来哟！”

道子用哭声抗议。

“可我是你的妈妈，亲眼目睹了那一幕，我不能不说。”

“没有必要说得那么详细。”

“你这孩子，怎么这么说话？你受欺负也不让妈妈说吗？”

这时，有人举手示意：“让我说两句好吗？”这人是多惠。道子妈妈立刻把目光对着她说：“你说吧！”多惠站起来提问：“刚才您好像说了，可是您这样那样地说，我还是没听明白。请问，究竟是怎么回事？”

“你说怎么回事？也许你……”

说到这里，道子妈妈朝那里跑去，没想到脚被最前排桌子腿钩住了，整个身体趴向地面，脑袋与地板相撞，站在那边座位上的同学发出惊叫声急忙闪开。

道子妈妈脸涨得通红，一边哈啊哈啊地喘气，一边从座椅之间爬起来。道子用眼睛瞪着妈妈吼道：

“妈妈！你不要再说了！”

说完，道子跑出教室。

“站住！道子，站住！”

道子妈妈尖叫着也跑出教室。

“这到底怎么啦？”

小松老师目瞪口呆。大家好像也都在那么想，直愣愣地看着小松老师。

“太树，我还是不明白。总之，你好像欺负道子了。”

“怎，怎么可能！”

太树慌慌张张地说：

“我，我压根儿就记不得有那回事。说我欺负别人，那您还是看看我脸上擦伤的情况吧……不过，您别当一回事。是呀，那家伙一定做什么怪梦了?!”

说完，太树啊地大叫一声看着多惠。

“怎么啦？”

多惠代替老师问道。

“糟糕，我做梦了。”

“什么梦？喂，说说！”

小松老师也探出上身说。

“这下可麻烦了哟！我……”

“没关系，没关系，反正是梦话。好了，快说说！”

小松老师对此好像也饶有兴趣。

“哎，老师，我不同意！因为这不是真的。因为是梦……那个……我，半夜里去过道子家，用红油笔把她的脸画得通红通红的……”

大家嘻嘻笑。

“后来呢？”

“那些……”

“什么？就这些吗？你这梦也太无聊了吧！喂，大家把脸转过来，上课了。”

小松老师好像没把道子的事放在心上，一脸扫兴的样子。

那天，道子最终没有上课。

放学后，小松老师对太树说：

“别做那些无聊的梦了！道子跟她哥哥欺负你的情况我也已经知道，但是梦中报复别人也太说不出口了。你明白我说的话吗？”

太树莫名其妙地望着小松老师，不明白她说的意思，但是小松老师没有再看太树一眼。

太树走出校门看见多惠在等自己。

“哎，太树，我总觉得类似健太郎的情景又出现了。”

“啊啊，我根本就没有做什么，可大家却认为是我做的，真拿他们没办法哟。”

“你真的什么也没做？”

“嗯。我曾想过那样做，可那毕竟是做梦。”

“我觉得你最好还是别做那样的梦。”

“你再怎么说也没用了，梦做都做了，已经收不回了。”

“不过，我一做噩梦就明白是怎么回事，赶紧告诉自己这是梦使劲睁眼就醒来了。”

“我，我不会。”

“你会的，试几次就会了。”

“哼，有那么容易吗？”

“嗯，很容易的。”

这时，他俩跟前响起自行车的刹车声。道子哥哥说：

“喂，太树，我妹妹因为你在哭，如果她有三长两短，我是不会放过你的。”

“那个……太树做什么啦？”

多惠问道。道子哥哥上下打量多惠：

“你问问他到底做什么了？”

“可是，太树他说没做什么呀。”

“没做什么？别装糊涂！你跟他交往也要保持适当距离。告诉你吧，这家伙昨天半夜潜入妹妹房间使坏。”

“你说使坏？”

“用红油笔抹在我妹妹脸上，还写上‘白毛猪’。”

“真的吗？”

问的人是太树。

“你这家伙还装糊涂！好哇，你下次要是再敢来我家，我就……”

说完，道子哥哥骑着自行车走了。多惠目送他的背影说：

“好像发生了什么很棘手的事。”

“真伤脑筋！我好像成了道子兄妹俩的仇人了。”

太树希望多惠赞同自己，但多惠没有回答好像在想什么。

太树回到家打开门锁进屋，凑巧电话铃响，好像在等他回。太树一拿起电话听筒，道子的尖叫声便传到耳朵里。

“你今天在学校里滔滔不绝地说如何对我使坏的事吧？好哇，你给我记住了，我一定还你颜色！”

说完，道子咔嚓挂断了电话。

可是那天晚上，道子家为这事激烈争论。

爸爸和妈妈主张把家里所有门窗锁上，不让太树进来，而道子和哥哥一郎则主张不要上锁，引诱太树潜入家中，然后瓮中捉鳖再把他交给警察。

“我要让太树尝尝铁窗的滋味！”

道子像平时那样一本正经地说，爸爸很惊讶。

“别说傻话！”

爸爸觉得尴尬：

“说道子是无缘无故地受同学欺负，我看不会，肯定平时得罪了那个同学吧？”

“爸爸，你觉得我是那样的人吗？那家伙早就是让全班讨厌的家伙，但是我没拿他怎么样呀！他偏偏对我使坏。明说了吧，我不会原谅他的！”

说完，道子眼睛里流出了大颗大颗的泪珠。

“总之，对那家伙不能掉以轻心，我们要先下手为强。”

一郎也那么说，舔了一下嘴唇。

且说那天晚上，太树在深夜里被妈妈喊醒。

“你是不是做什么怪梦了？好像被什么东西缠住发出怪叫声。”

“嗯，我做怪梦了！知道是梦我就使劲睁开眼睛，可就是醒不来……咦，糟糕！”

“怎么啦？你该不会……”

“哇！”

“真像个傻瓜！你已经是五年级学生了哟……”

“快起来换衣服！”

太树不仅尿裤还把被子给尿湿了。

“喂，你俩三更半夜叽里呱啦地说什么呀！”

爸爸被母子俩的说话声惊醒了，发牢骚说：

“你们以为现在几点，才凌晨两点半哟！哎，怎么啦，太树，你尿床了？”

“我也没办法！因为做噩梦了。”

“那个能成为尿床的理由？”

“对不起！”

太树换了内衣内裤，钻入重新铺好的被窝。可是睁着眼睛怎么也睡不着。

渐渐地，睡着了……还是那么奇怪的梦啊……

太树又在梦里去了道子家。道子身着睡衣躺在床上，似乎早就在等他“光顾”。她用事先准备好的高尔夫球杆拍朝太树打去，太树也顺手拿起高尔夫球杆招架。由于太树力量过大，把道子手中的高尔夫球杆打落在地。道子吓哭了，刹那间尿床了。这些情景被太树看在眼里，不料自己也尿床了。

太树迷迷糊糊醒来的时候已经是早晨了，虽没被妈妈唤醒，但是躺在床上已睡意全无。这时，从玄关传来陌生的叫喊声。

# 究竟谁是妖怪

玄关传来陌生男人的声音，兴奋，尖厉，颤动，好像太树爸爸那般年龄。

“你孩子没什么异常吗？”

“异常？”

太树妈妈接待来者。

“比如说头痛啦，脑震荡啦……”

“没有，可怎么才会出现那样症状的啊？”

“这还不能说，方便的话，请允许我见见你的孩子好吗？”

“还在睡觉……”

太树看了一眼身旁，只见爸爸也跟自己一样像乌龟探脑般从被褥里伸出脑袋，倾听玄关传来的说话声。

“太树，发生什么事了？去看看！”

爸爸这么一说，太树连忙换上外衣。“太树，太树！”这时传来妈妈的叫声。

“我马上就来。”

太树扣上裤腰皮带朝玄关走去，只见玄关站着一位戴眼镜的中年绅士，身披开襟毛衣套装。那中年人看到太树后立刻呆若木鸡：

“太树，我是你班级同学坂井道子的爸爸。”

“早晨好！”

“你，你，没头脑吧？”

道子爸爸冷不丁地问太树。

“有啊。”

“会不会跳啊蹦的？”

“会啊，跟别人没什么两样呀。”

于是，道子爸爸说：

“你这个妖怪！”

他吼叫着靠近太树想抓住他。太树发出悲鸣，逃到房间里。身穿睡衣的太树爸爸凑巧与太树擦肩而过，跑到玄关那声音嘶哑地吼道：

“干什么？你这个不讲理的大人，干吗大清早上我家打孩子！”

“你，你这孩子昨天夜里打了我家女儿，还用红油笔把我女儿的脸涂得红彤彤的。”

道子爸爸也不甘示弱地吼叫。

“你说什么？”

“你儿子昨晚来我家，打我女儿，还用红油笔在我女儿脸上乱涂。”

“昨晚几点？”

“昨晚两点半，我对过时间。”

“奇怪！”

这时太树妈妈说话了：“昨晚两点半我这孩子

在家里！”

“真，真的吗？夫人。”

“是的，我记得当时孩子他爸问我‘孩子妈，几点了？两点半了吧？’当时，我这孩子确实在家里。”

“没弄错吧？太树爸爸。”

“啊啊，是那么回事。”

“那好，你当时为什么要问时间？”

“你问为什么？因为觉得黏黏糊糊不舒服……”

“黏黏糊糊？什么意思？”

刹那间太树吼道：

“爸爸，别浪费口舌！”

的确不能说，怎么可以让自己半夜两点半尿裤的事被道子知道。这时，道子爸爸嚷道：

“喂，如果没做亏心事，那你过来说说清楚！”

太树胆战心惊地来到玄关，躲在爸爸背后说：

“讨厌！这怎么能说？我说不出口！”

太树爸妈快言快语。是呀，都已经五年级了，睡觉时还尿床啥的！那可是不能公开说的事，但道子爸爸气昏了。

“究竟怎么回事？太树说那事说不出口哟！”

妈妈边笑边劝：

“好了，道子爸爸，别发那么大火！他说的与你考虑的是两码事。那是他的秘密哟。”

“你说是他的秘密？那关系到我家体面哪！喂！隐瞒亏心事，你这孩子良心不受谴责吗？”

“那事说不出口，我也不能说。”

“真让人厌恶。你们家长要隐瞒，那我也有办法。到那时你们发牢骚，我可不管。你们要做好思想准备！”

道子爸爸说完，耸起肩膀走了。紧接着传来急匆匆的脚步声。

“大清早就说莫名其妙的梦话！怎么回事？太树。”

“糟了！我在梦里打了道子一巴掌就尿床了。”

“真没出息！你这孩子！”

“是梦！是梦造成的！我自己也难受。”

“是的哟！我看时间了，当时是两点半哪！你没做怪梦吧？”

“是的。”

这时又有人来到玄关。三个人对视着似乎在说，“瞧！又来了。”

“早上好！”

来人是多惠，望着太树说：

“刚才在这里吼叫的人是道子爸爸吧？”

“是的。”

“这么说，你又做噩梦了吧？”

“是的。”

“我不是跟你说过吗？做噩梦时赶紧睁开眼醒来。”

“睁开眼时晚了点。”

“怎么回事？”

“那不能说。”

“说！我是担心你才来的。”

“那个呀……千万别说出去哟！我尿床了。”

“一定守口如瓶。”

“道子爸爸说我打道子后尿湿了道子的床。其实，我在梦里也是那样尿床的哟！”

“糟糕！”

多惠也好像不知该怎么办，歪着脑袋回家去了。洗完脸坐到餐桌旁，太树脑瓜里还是一团乱麻。他胡思乱想一阵，在面包上抹上奶油大口吃了起来，险些把自己的手当成面包送进嘴。爸爸提醒说：

“你发什么神经！魂出壳了？胡思乱想会出事的哟！”

走进教室的时候，小松老师把太树叫住，带他到音乐教室，多惠也在那。

“是关于道子的事吧？”

太树先发制人，看着老师的脸问。

“啊！”

老师回答时夹着叹气声：

“这事对你说了也没用！刚才？道子家长打电话说，学校有你这样的学生，就不放心让道子来上学，还说要让女儿转学。”

“嘿！”

“不止说你，还说我对你管教不严，要向教委投诉我。”

“哦！”

“你昨晚打道子后尿湿了她的床吧？那你为什么说是做梦呢？”

“哦！”

“怎么会有这么莫名其妙的事？”

“不知道。”

“说不知道可过不了我这道关。不说明原因是要出大事的。这些暂且不说。我问你，你脑袋受过伤吗？”

“受伤？”

太树想起道子爸爸也这么问过，就问老师：

“老师为什么问我脑袋有没有受过伤？”

“为什么？听说你打了道子还尿湿了她的床，她爸爸跑来用金属高尔夫球杆用力打你的后脑勺。”

“啧！”

“怪不得今天早晨，道子爸爸也一个劲地关心起我的脑袋来。”

太树铁青着脸缩紧脖子。

“你呀，由于被道子爸爸打了，所以我要告诉你，如果脑袋被打笨了，那道子爸爸可是要付高额的治疗费和赔偿费的哟。”

“往下说！我挨打后怎么了……”

“你呀,跑了四五米就下落不明了。”

“下落不明了？”

“啊,发出‘叭嗒’、‘嘭’之类的奇怪响声后,你就飞也似的消失了。道子爸爸担心起来，一清早就去你家问。”

“原来是那么回事！难怪他骂我‘你这妖怪’。”

“你真是妖怪！”

小松老师说完又叹了口气。

“老师,往后我该怎么办？”

“啊，多惠都跟我说了，往后你就别再做怪梦了！这事就到此结束，也别对任何人说！接下来就要看道子家长的态度。多惠说，你应该去跟道子重归于好。你看呢？”

“嗯，我愿意跟她重归于好，可她是什么态度呢？”

“老师，你觉得我去跟道子说怎么样……”

多惠说完，看着老师的脸。

“好呀，你们同学之间能解决是最好不过的了。”

“我试试看。”

多惠笑嘻嘻地说。

太树放学回家，不知为什么心就是静不下来，尽管那样，他还是把晾在院子里的被子收回家。那被子上还留着太树的尿迹。

“我太没用了，都五年级了还尿床！”

太树打开电视，一骨碌钻进被窝看电视，可脑袋里还在想多惠的事。电视上在播放无聊的股市行情，但太树还是没换频道。

太树在想多惠说的去道子家劝和的事。

这天放学，太树在校门口喊住多惠。

“那个……你别去道子家哟！”

“为什么？”

“我好像有不祥的预感。”

“谁？”

“我哟。”

“我觉得和太树一起去也没关系。”

说完，多惠笑了。

“总之，我有讨厌的预感哟！还有，道子哥哥的性情非常暴躁。”

“没关系，我并不是去和她哥哥吵架。”

“那倒也是。不过，你要是为了我去道子家那就别去啦，我有讨厌的预感哟！”

“讨厌的预感？要是有那么讨厌的预感，那你最好还是赶快回家吧！”

“不是那么回事，我是心里不痛快。”

“那个……我去道子家不仅为了你，还为了阿姨哟！”

“噢，噢，是为了小松阿姨吧？”

“是呀。要是阿姨因为这受牵连而不得不辞职，那就太不值得了。此外，我还有放心不下的事。”

“什么事？”

“太树做梦尿床也就算了，要是做梦遇上车祸那可怎么办？”

“打住！你这乌鸦嘴。”

太树吓出一身冷汗，大声吼道。

“太树，你恨道子恨得咬牙切齿吧?！”

“没到那种程度！不过，我觉得与她重归于好不太容易，她可讨厌我了。”

“怎么会那样？”

“是呀……啊！那都怪你哟！”

“怪我?！那是因为我相信你暑假里说的大话，在班上说出道子希望和你成为好朋友的事吧？所以太树才遭到道子厌恶的是吧？因此，我必须想办法帮你挽回哟！”

“你以为我是说大话的人吗？”

“怎么说呢……”

说完，多惠嘻嘻笑了。

多惠要去道子家。看到她脸上笑嘻嘻的表情，太树不免担心起来。

“不过，没有办法哟，我生下来就爱说大话哟！”

太树自言自语后立刻钻进被窝瞅着天花板。

想来想去，太树觉得自从和多惠同班身边就发生了许多稀奇古怪的事，不过也有好事，过去经常逃学早退的事没再发生。

等一等，也许她才是妖怪……

太树想完，眼前浮现出多惠的脸来。是呀，她这妖怪想问题时表情那么严肃，笑嘻嘻时嘴里露出虎牙真叫可爱。

但是我，没做什么讨她喜欢的事呀！偏偏她那么关心我。这究竟为什么……她不可能喜欢我这种没出息的男生，就算我们两家紧紧挨着也谈不上有什么特别理由……

太树在胡思乱想中迷迷糊糊地睡着了。

话说道子，牢骚满腹，根本就不想见多惠。听说多惠在自家客厅，就气不打一处来，嘟哝着朝客厅走去，冷不防冲到多惠跟前嚷道：

“你到我家干什么？”

“担心你呀。”

“撒谎！是太树让你来我家打探情况吧？”

“没那回事，我是为了了解情况来的。”

“了解情况？”

“你不去上学的原因。”

“关于那事，太树大概已经告诉你了吧？”

“我听说了，那是梦。”

“梦？”

“是的。”

“哼！那怎么可能是梦，但证据我不能让你看。”

“有照片之类的证据吗？”

“我没工夫拿照片给你看！”

“那你说说为什么会那样？”

“不知道！”

“别那么说！希望你按顺序好好想想哟！从最初想起……”

道子脸上很不情愿的表情，什么话也不说。那是呀，要是追根刨底，道子会把太树彻底当作笑柄。

“追根刨底的话，那责任都在太树身上！”突然，道子尖着嗓子叫喊：

“他说要把我变成猪让我吃鼻屎！”

“他真那么做了吗？男孩嘛，故意说大话是为了吸引漂亮女孩！其实，他说你的那些话纯粹是在开玩笑。”

“不可能！他真骂过我是白毛猪，还写过这绰号！”

“果然如此……”

“你以为这是瞎编？”

“我觉得是那么回事。”

“不是瞎编，他还打我……”

说完，道子哭了。

“别哭，我相信你的话。”

多惠态度友好地安慰道子：

“不过，道子，我觉得太树不会平白无故做那样的事……”

“你错了！他就是平白无故！他就是那样的人！那样的家伙最好去月球生活！”

“哎，请你冷静一点好吗？”

多惠劝说道子，可是道子瞪着眼睛朝多惠吼叫：

“回去！我，我很讨厌你。”

劝和没有成功。

“哎，求你了，冷静地说说原因好吗？为什么讨厌我？”

“这不是明摆着吗！你是浑小子太树的好朋友吧？你是在包庇他吧？你来我家是为了和他一起把我当笑柄吧？”

“根本不是那么回事……别乱猜了！你要我做什么，只管说？”

道子眨巴着眼睛说：

“我要在他屁股上打几下解解气！”

多惠听了这话也惊呆了。这时有人冷不防走进客厅，是道子哥哥。

“道子，这人来干什么了？”

多惠站起来打招呼，可是道子哥哥装作没看见，冷不丁地询问道子。

“这不明摆着吗！她受太树委托来侦察我们家情况!太狡猾了！”

“别说傻话！”

多惠抗议。可是，一郎把她的话当作耳边风。

“原来是这么回事!果然像道子说的，我也觉得你是那么想才来的。”

“不对！我来是想知道真实情况！”

“真的吗？原来是这么回事!你想知道太树怎么对道子恶作剧的吧？既然那样，我来模仿太树在你身上试试好吗？”

说完，道子哥哥笑嘻嘻地走近多惠……

“干什么？站住！”

多惠脸色骤变发出尖叫声：

“来人哪！”

道子妈妈来推门，可是门被锁上了。

“一郎，开门！”

道子妈妈边嚷边用双手打门：

“一郎，干什么？开门！”

一郎装作没听见母亲的叫喊声，对道子说：

“道子，我把多惠按住，你用红油笔在她脸上涂满，再用白笔写上‘黄毛猪’！”

“住手！”

多惠拼命挣扎，道子嬉笑着靠近多惠。这时，多惠使出全身力气死死咬住一郎的食指。

“哇！疼死我了！”

一郎痛得跳了起来，多惠不顾一切地跑到门口开锁，可是衣领被一郎拽住，整个身体被拽过去，不由得四脚朝天倒在地上。多惠马上爬起来，抓起桌上的大烟缸做出扔的架势。也不知什么时候，一郎手握着原先放在门背角落的高尔夫金属球杆摆出冲锋的架势。

这时，道子从多惠身后扑过去，一把夺走她手上拿着的烟缸扔向身后。

“咣当！”

传来剧烈响声，玻璃窗砸坏了。这时出现了意料不到的场景，太树不知什么时候走了进来，此刻正站在门口。

“太树，你来得正是时候！”

一郎一转身，举起手上的高尔夫球杆使劲朝太树脑袋抡去。

“哎哟！”

太树吓得大声惨叫，整个房间都像在摇晃，随即四脚朝天地倒在地上。

多惠哭着逃到外面找大人解围。

多惠跑到屋外才发现脚上没有穿鞋，猛地停下，一时不知是去道子家取鞋还是光着脚丫回家。

不，现在最要紧的不是取鞋，是尽快告诉太树妈妈……

想到这，多惠光着脚丫飞跑起来。这当儿，传来“呜……”救护车的警笛声。

那，也许……

救护车径直驶到多惠身边，随后转弯朝道子家方向驶去。车后跟着许多奔跑的孩子和主妇。救护车逐渐减速。

多惠再次盘算后决定返回道子家，如果太树被送往医院，自己应该陪伴他。果然，救护车停在道子家大门口。这时，附近邻居纷纷赶来看热闹，人头攒动，黑压压的一片，所有视线都集中在道子家玄关。

# 打错人了

多惠穿过看热闹的人群，径直朝大门里走去。这时，救护车上的救护员喊住了她。

“对不起！我的鞋子忘在这家玄关的换鞋间了，还有我想陪伤员去医院，因为他是我的同学！”

救护人员点点头，把多惠放入玄关。多惠在换鞋间穿上鞋子后，提心吊胆地朝里面打量。这时，传来道子的哭声。

“小姐，你要是陪伤员，那就请先上车。”

刚才那个喊她的救护员走来把多惠请到救护车后门，打开车门后指着靠窗的座位说。

“谢谢！”

多惠急忙爬上救护车坐到椅子上，看热闹的人群顿时把目光集中在她身上上下下打量。多惠被看得忸忸怩怩不知如何是好。

“各位，各位，请你们把路让出来！”

救护人员指挥人群让路。片刻，担架被抬出来。当多惠看到躺在担架上的人脸时，顿时目瞪口呆，因为躺在担架上的人居然是道子妈妈。道子妈妈两眼紧闭，鲜红的血正从额头上渗出，在脸颊流淌。

“我要下车，认错人了！”

多惠赶紧从救护车上跳下。道子哥哥与她擦肩而过，跳上救护车，一脸煞白。

门被关上了，救护车顶上的红色警笛灯开始闪亮，警笛声“呜……”的震耳欲聋，车轮快速飞转起来。

多惠若无其事地打量玄关，门敞开着，只见道子脸色苍白，耷拉着脑袋坐在走廊上。多惠急忙走进去问：

“道子，到底怎么回事？”

道子似乎没注意到多惠进屋，也似乎没听到她在喊自己，目光呆滞地看着外面。

“道子，道子！”

多惠脱下鞋子，赶紧抓住道子的肩膀摇晃。道子这才如梦初醒般看着多惠，战战兢兢，直打哆嗦。

“哎，怎么回事？你妈妈她怎么啦？”

道子朝多惠瞪着眼睛说：

“是他，是他干的！”

“你说的他，是谁？”

“是太树，是中谷太树。”

“可是，不可能吧？！当时你哥哥抡起高尔夫球杆时，不是有人吓得瘫软在地吗？那人不是太树吗？

道子根本没把多惠说的话听进去。

“是呵，我必须打电话报警，让警察把他给抓起来！”

“哎，冷静点，别说傻话！”

“啰嗦！把手松开！”

道子推开多惠的手，站起身朝走廊边的电话走去。多惠急忙追上去，用手摁住电话听筒。

“干什么？把手拿开！”

道子嚷道。

“好吧，你打吧！但是警察来了，我会把你和你哥哥怎样对我，还有你哥哥怎样用高尔夫球杆吓唬太树的情况详详细细地告诉警察。”

听多惠这么一说，道子的手指离开了键盘，把听筒放回原来位置。

“哎，老实说，你妈妈挨了你哥哥的打是吧?！”

“嗯！挨打的家伙应该是太树那小子而不妈妈呀！”

说完，道子抽泣起来。

“借用一下你家电话。”

没等道子同意，多惠就拿起听筒按键然后屏住呼吸。听筒里传来铃声，等了很久才停，电话那头有人拿起听筒。多惠不问青红皂白，吼道：

“我是多惠，这么晚才来接电话，哎，你做什么了？”

“你怎么那么说话，我可没法回答。”

话筒里传出的声音，千真万确是太树。

“为什么没法回答！”

“我脑袋被撞了，疼得厉害，正用冰块捂着呢！”

“那是怎么回事？”

“你问我怎么回事，我也不清楚。”

“你这么敷衍了事，我受不了哟！你刚才干什么了？尽可能说清楚一点！还有，把时间也说一下。”

“不行，我现在意识模模糊糊的，无法说清楚，我做了个稀奇古怪的梦……”

“说说梦里的情况！”

“哦，忘了！还有，你说过做梦时要靠自己睁开眼跳起来，我醒来后就使劲跳起来，结果脑袋朝地撞上了桌子拐角。我本来没打算午睡，在想你去道子家会怎样时不知不觉睡着了……我的睡相差，好像不知什么时候翻滚到桌角底下。”

“明白了！”

“哎，多惠，你现在在哪里？”

“在道子家。她们家出大事了！她妈妈刚才被救护车送到医院去了。”

“出什么事啦？”

“跟你一样哟，脑袋朝地……”

“为什么？”

“我也不太明白。那，我挂了。”

多惠放下电话听筒，道子问：

“太树的脑袋也……”

“是的。说是午睡后起床时嘭地撞上了桌角。”

道子用将信将疑的眼神看着多惠，多惠用思考的眼神望着道子。这时电话铃响了，多惠立刻拿起听筒，电话那头是道子哥哥一郎的声音：

“给我好好听着！我是想打小猫，结果把妈妈给打了。就这样，记住！”

“等一等！”

“过一会儿再给你打电话。”

一郎只说了一句就把电话挂了。

“是谁？”

道子问。

“是你哥哥。他好像把我当成你了，说他打猫打偏了，结果把妈妈给打了。”

“胡说！哥哥确实是把太树给打了！偏偏被打倒在地的是妈妈，太树却无影无踪了。”

道子说完突然用手捂住嘴巴，因为不留神说出了实情。

“所以，你说的情况是真的吧？你是说哥哥想打小猫，眼睛看错了把你妈妈给打了。”

道子眨着眼睛后慢慢地说道：

“闯祸了，我那哥哥！做事冒冒失失，也不搞清接听电话的人是谁，就一股脑儿地说。”

“好像是的。”

多惠无可奈何地附和。

“接着说，我妈妈伤势怎样啦？”

“他就说了那些，最后说‘就这样，记住！’我本想让你接电话，可是他说‘过一会儿再给你打电话！’就把电话挂了。”

“傻瓜！我那哥哥真傻！连自己妹妹跟其他女孩的声音都分不出来！还有，连妈妈被送到哪家医院和目前病情也……”

“不要紧的。我想只是轻微脑震荡而已，马上就能出院回家的，赶紧趁现在把你妈妈的被子铺好。”

“嗯，我去铺床。”

“好吧，我回家了。”

“别回去，再待一会儿。”

“可是我怕你那哥哥！要是再碰上，他又要闹恶作剧。”

没想到道子脸上一副不知所措的表情。

“还有小猫的事，我不会对任何人说的。放心吧！”

道子默默地点点头。

“如果你妈妈不是重伤，你会上学吧？”

道子目不转睛地望着多惠，随后慢腾腾地点点头。这时，电话铃又响了，道子拿起听筒只说了三句话就把电话挂了。

“多惠，你说得没错。妈妈只是轻微脑震荡，头上开了个小口，医生已经医治好了。哥哥说和妈妈立刻乘出租车回来，要我把被子铺好。”

“哦，是吗？太幸运了。”

道子把多惠送到玄关。多惠急匆匆地朝太树家跑去。

“哎，回忆一下做什么梦了！”

一见太树，多惠立刻问他。

“嗯……实在很难回忆。我像超人那样在天上飞，去救被坏蛋抓住的女孩。记得我好像是翻窗进屋的……后来就迷迷糊糊什么也不清楚了，醒来后脑袋朝地撞了一下。”

看上去太树脑袋还很疼。

太树的额头上有肿块，无精打采地去上学。多惠和道子正在等他。

“哎，太树，道子有事问你……”

多惠这么一说，太树小心翼翼地注意起道子来。

“你跟我来一下。”

道子眼睛朝下，压低嗓音说。

“去是可以，但是你别胡来。”

“绝对不会。”

“那好……”

“哎，多惠，我带太树走了哟！”

道子把太树带到音乐教室，里面的玻璃窗都拉着窗帘。

“这地方不会有人来。”

说完，道子坐在椅子上径直望着太树。

“别瞪着眼睛看我！”

“好的，我不看你，请你说说真实情况。”

“你要我说真实情况？”

道子明明说了“我不看你”，可视线却盯住太树的额头。

“你额头上的肿块是被我哥哥……”

道子放心地松了一口气：

“还有一件事无论如何要问你。”

说完，道子直视着太树的眼睛，一脸愤怒。

“想问什么？”

道子脸朝下，咬住下唇，满脸埋怨。

“怎么啦？快说呀。”

道子喘了口大气稍作停顿后，脸上换成咄咄逼人的神情。她朝太树瞪眼睛，用威胁的语气问道：

“哎，你为什么说我是白毛猪？”

“什么？”

太树呆若木鸡地看着道子。

“哎，你要说真话！只要实话实说，不管你要什么我都给你办到。”

“不管我要什么都……”

“是的，比方说我积攒的零用钱全给你都行。”

说完，道子眼睛里含满泪水。

“啧！”

太树不满地打了个响指。

“啧什么呀！”

“要我说嘛，你那是弄虚作假！骗人哟。”

“为什么？”

“根本不是那么回事！我本来就什么都没见过，不可能回答！”

“真的？真不知道？”

“当然喽！我说你是白毛猪，只是随口说说而已。”

“哎，你说的是真话？是真话吗？”

“啊，当然是真话。为什么叫你白毛猪？因为你痴头怪脑。”

“好你这浑小子！”

道子瞪大眼睛注视着太树。

“怎么啦？有什么不高兴的事？”

道子摇摇头，泪水扑簌扑簌地从眼眶里流出。

“喂，怎么啦？”

“是的哟，因为我痴头怪脑。”

这下,太树不寒而栗地看着道子。

“看来我们可以重归于好。”

说完,道子一把抓住太树的手。太树惊讶得抽回自己的手,可道子就是不松手。

这时,上课铃响了。

“喂,快松手呀,我要去教室!”

太树一心想挣脱道子的手。道子也不知想起什么,冷不丁咬住太树的手。

“疼哟!你干什么?”

太树疼得不由得开始推搡道子。扑通!道子从椅子上滚到地上,躺在那里看着太树扑哧笑了。

“太树,你真是太树。”

太树听了这话,更加觉得莫名其妙,打算跑出音乐教室,赶紧打开房门。这时,只见小松老师和黑田站在门口。小松老师打量着音乐教室,语气严厉地责问太树:

“太树,你在这里干什么?”

“没,没干什么,只是和道子说说话。”

“只是说话吗？”

“是的，我还被咬了一口。”

“被咬了？那你大概使坏了吧？”

“没有，只是说话而已。”

“真的吗？”

小松老师问从地板上爬起来的道子。

“是，是那么回事。”

“哦，既然是咬和被咬，那么咬的人是谁？”

“是我。”

“为什么咬人？”

“我想弄明白他是真太树还是假太树。”

“咬了以后就明白了？”

“是的。”

“明白到什么程度？”

“站在这里的中谷太树是真的。”

“咬了以后感到疼。”

“说什么呀！你们就为这说话？”

“是的。”

小松老师这回看着太树：

“都说些什么呀？”

“嗯，各种各样……”

“你说各种各样……我不懂。”

“不过，不能告诉您。”

太树看着道子，道子笑嘻嘻地点点头。

“喂，喂，是对老师也不能说的秘密？”

“是的。”

小松老师脸上的表情似乎在说你俩爱说什么就说什么吧！

“好了，快去教室！就要开始上课了！”

“是！”

太树和道子异口同声地回答。黑田站在小松老师背后偷看他俩，目光半信半疑。他们三个跟在小松老师身后朝教室走去。路上，道子轻声对黑田说：

“哎，你打小报告了吧？坏蛋！”

“我看到你俩进了音乐室。”

“这么说，你偷听我俩说话了？”

“你，你怎么那么说！”

“我不明白你为什么这么做。”

说完，道子为了表示与太树友好，故意挽起太树的胳膊。

“把手松开，松开！”

太树和道子一个用力挣脱，一个使劲挽住。小松老师停下脚步，转过脸来说：

“喂，我知道你们重归于好了，但别在别人面前显摆，要不然黑田会嫉妒得暴跳如雷的！”

老师说完笑了，可是黑田果真不高兴了，快步返回教室。

全体同学一起上体育课。小松老师带领女生组，西村老师带领男生组。西村老师把男生分成两队进行足球对抗赛。

黑田原本是少年足球体育俱乐部的成员，踢球技术超过班上任何人。他骗过西村老师的视线，任意踢队友太树的脚内侧。

起初太树以为黑田是不小心就没放在心上，可后来连续挨了好几脚才开明白是黑田的恶作剧，不由火冒三丈，从身后抱住黑田使劲拽他头发，可这一举动被西村老师看见了。

“太树！到我这里来一下！”

太树无可奈何地走到老师跟前。

“你刚才在干什么？”

太树老老实实地答道：

“黑田踢我踢得太过分了，我忍不住报复他。”

“黑田，你也过来！”

黑田奔跑着来到老师身边。

“中谷太树说你踢他踢得太过分，忍不住报复你。我问你，你踢了他吗？”

“踢了。”

黑田也老实承认了，西村老师扫兴地笑了。

“太树磨磨蹭蹭的，我想帮他，可他不管三七二十一朝我撞来……还有我想告诉他短裤破了。”

“什么？”

太树大吃一惊，赶紧把手伸到屁股后面，裤裆果然开了一条口子，险些把关键部位暴露在大家面前。太树急忙跑回教室穿上长裤，一边跑回操场一边回想：

奇怪呀，就他一个人发现我短裤破了！还有，这条短裤是新买的，还没穿几天……等一下！也许这家伙跟我扭作一团时做了什么手脚……

但是，黑田装着什么事也没发生，在操场上兴奋地跑来跑去。体育课结束了，太树在返回教室的路上质问黑田：

“哎，是不是你把我的短裤撕破了？”

为了让大家都能听到，黑田故意大声回答：

“住嘴！我可没撕你短裤。哼！”

大家哄堂大笑。黑田得意起来，继续说道：

“你说要抽掉我两三根肋骨，我看你还是先保护好自己吧！连短裤破了那么大口子也不知道，我想就算是被人割破的你也不会知道。”

大家又哄堂大笑。这时，太树发现多惠和道子的目光朝着自己。多惠的眼神似乎在说别吵了，道子的眼神好像在表示歉意说请原谅！

太树不声不响地坐到自己的座位上。

接着，道子来到太树旁悄悄地说：

“那个……当时只拍了一张照片，放学后我把它送到你家。”

那天，太树难得在家里大扫除。多惠来他家打探情况，数落太树：

“道子说来你家，你也别太勉强！如果太当一回事，可能结果是两码事呢！”

“不是那回事。”

太树嘴上虽那么说，但是脸红了。

“这个……道子说有一张照片，我在猜想是什么照片。”

“哎呀，我看你最好别抱太大希望。”

今天，多惠的心情好像不太舒畅。太树见状不可思议地打量着多惠的神情。

“别那么盯着我看！要是觉得我多余，我就回家！”

多惠说话声色俱厉。

“别说了！你的表情跟平时不一样，我只是觉得奇怪而已。”

“是吗？其实，我跟平时根本没什么两样。好吧，请代我向道子问好。”

说完，多惠迅速地回自己家了。可是那以后，太树等了很久也没等来道子。外面天色已经渐渐暗了下来，太树的肚子里唱起了空城计。

我满腔热情地等了这么长时间……

想到这里，电话铃响了。太树已估计是道子打来的。

“你怎么啦？害得我等这么长时间！”

不等对方说明原因，太树就冲着电话那头说。

“请原谅！”

电话那头传来道子无精打采的声音。

# 黑田的报复

“怎么啦？”

太树不由得朝电话那头吼道，道子扫兴地说：

“那个……我回到家里正要拿照片去你家，妈妈却叫我外出费了很长时间，回来后又要我上街购物，买好东西回家发现照片不见了。”

“你说什么？”

“我妈把照片交给黑田了。”

“那，为什么？”

太树不由得大声问道。

“黑田说是约好什么的……”

“怎么能那样！你妈妈应该先弄清楚再……”

“我也是这么对妈妈说的。”

“哎，如果有底片可以再印的吧？”

“已经不行了。底片和照片是放在一起的。为了得到你的原谅，我本来是打算把底片和照片一起送到你家去的。刚才我去过黑田家，没有见到他。我就在他家等，可是到现在他还没有回家。我只好先回家了，请你原谅啊！”

“嗯！”

“他对我家里人说是去你家。好像出门了。他没有去你家吗？”

“嗯，没来过。但是那张照片跟他没什么关系呀？”

“有关系。”

道子伤脑筋地说：

“照片上有黑田和健太郎呀！健太郎表情困惑，

黑田则笑嘻嘻的。”

“接着说，我这个关键人物的表情呢？”

“不知怎么回事，那张照片没有拍出来。”

“拍了好几张吧？”

“可是拍你的底片上什么也没有。”

“为什么？”

“你问我为什么？我也不清楚。”

“那照片他是怎么拍的？”

“别说了！那和你无关。好了，再见！”

太树平静地放下听筒，眼前仿佛浮现出道子哭丧的表情。

第二天早晨，多惠笑嘻嘻地来见太树，太树提到昨天傍晚道子打来电话。

“好吧，我们这回化装去黑田家。”

说完，多惠笑了。

“不行！我化什么装呀？我又不是妖怪。”

太树嘴上这么说，心里有点不放心。他想起自己说过要抽黑田的肋骨。

太树去学校，在教室里看见道子和黑田相互交谈。对于道子提出的归还照片要求，黑田固执己见：

“照片上的人是我，我不会把它给不相干的人。”

“但是拍照片的是我，底片也是我的，你别坚持歪理了。”

“是我去冲洗的，照片当然归我。”

“你在说什么呀！撒谎说照片是你的，还骗我妈妈把照片拿走了。”

“我必须那么做！我怕那照片可能会传到不相干的人手里。”

黑田在说不相干的人手里时，瞪大眼睛打量太树。太树受不了那种眼神，对道子说：

“别说了！即便照片要来了，如果上面没我，我拿了也没什么意思。”听了这话，黑田得意洋洋地说道：

“喂，听见了吗？太树不是也说了吗！就当作没有这张照片。”

道子后悔地看着黑田，突然猛一转身离开教室走了。太树正要追赶道子，冷不防给黑田抓住裤腰拽了回来。

“别管！这跟你无关。”

“怎么无关？她没有兑现约定，和我当然有关。”

“哎，你们约定什么了？是不是约定拿到照片后相互拥抱？”

太树没吱声，觉得黑田好像是因为跟道子争执而情绪激动，决定不跟他顶撞。偏偏黑田对太树说：

“哎，太树，你好像什么时候跟多惠说过，要把我肋骨怎么怎么的是吧？我先提醒你当心自己的肋骨！最好的防卫方法是攻击！因为我再怎么挨揍也不会哭鼻子。为了今后不让你胡思乱想，请允许我先展开攻击。”

太树惊讶地看了一眼黑田。

“如果有理由说服我，现在就说！”

“你怎么那么说话！我说这话只是开玩笑。多惠刚转来我们学校，我逗她而已。”

“你这话谁信！开玩笑逗别人，居然说到抽我的肋骨，我怎么咽得下这口气！”

黑田一边说，一边冷不防推搡太树。太树毫无防备，仰天倒在地板上。黑田没有给太树喘息的机会，抬起一只脚摆出要朝太树的胸前踩上去的架势。

“服了吧？我只要用力踩上去，你的肋骨就会断掉两三根，但我不那么做，希望你能牢牢记住今天！”

“记，记，记住了！”太树不由得哭了。

从这以后，黑田完全把太树当作眼中钉肆意虐待。

在学校吃午餐，黑田时常故意把地上的灰尘捧起来撒在太树的汤里，有时楼梯口拥挤黑田会偷着踢太树。上体育课时，黑田会趁太树在操场上磨磨蹭蹭时用球扔他。

明知黑田欺负自己，太树一时又想不出好办法对付他，心情变得郁闷起来。是呀，我又不是一年级

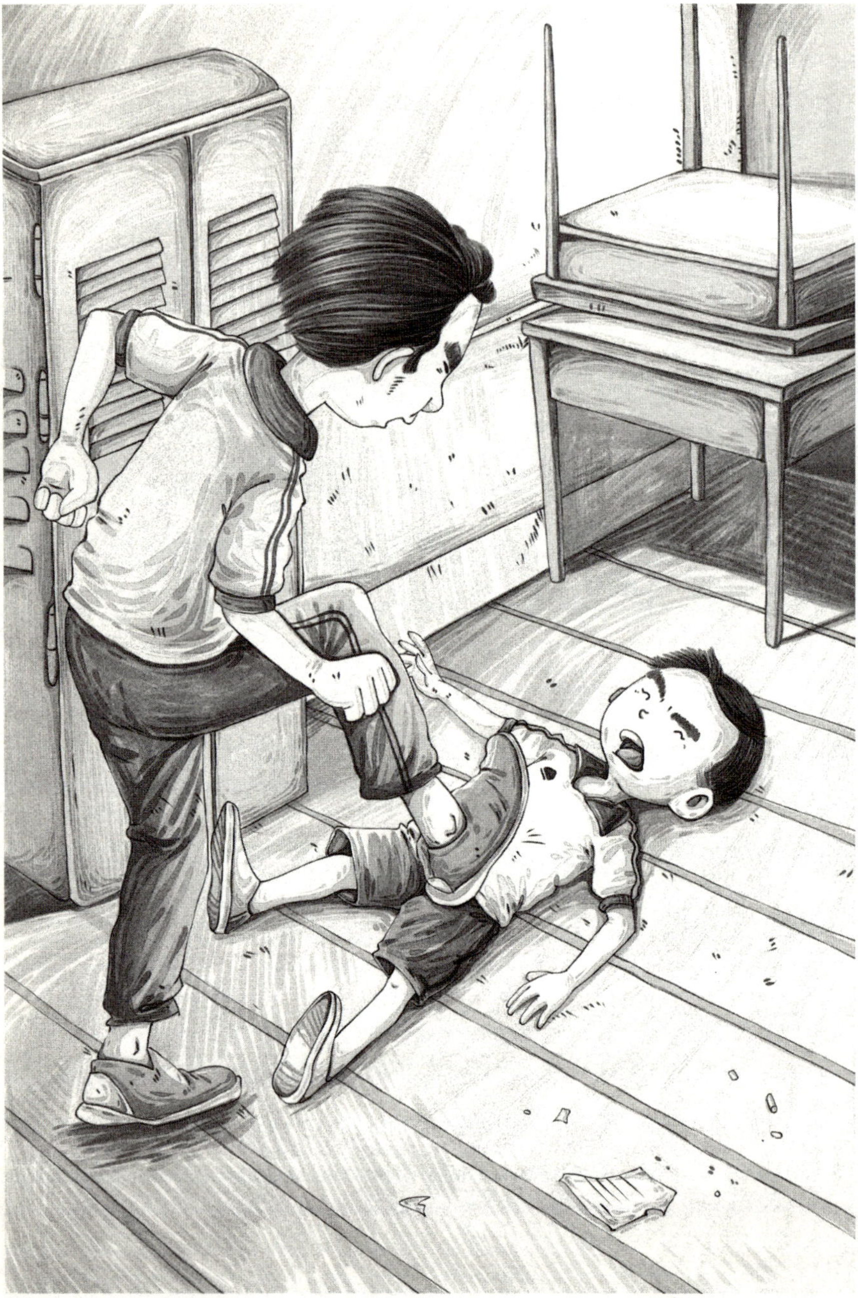

学生，怎么好意思对别人说黑田欺负我之类的话。

“你最近好像没精神呀。”

放学时，多惠笑着对太树说。太树仔细想了想最近的变化，觉得自己也太把黑田当一回事了，老是盘算怎么对付他，而跟多惠说话的时间少了。而多惠从那以后跟道子突然友好起来，也不怎么护着太树了。

“我没精神吗？是呀……”

“是呀，这黑田也太过分了。”

多惠一针见血，太树难为情地说出了真话：

“是呀，忍受不住了，打不起精神。”

“可是，你不认为这很奇怪？”

“什么？”

“按理说，以往半夜里另外一个太树会化装去黑田家大闹一番。偏偏……”

“别说怪话！这只不过是传说而已！我压根儿就不知道是真是假。”

“哎，干脆像过去那样诅咒怎么样？”

“诅咒？这玩意我不懂。”

是呀，不管是健太郎还是道子，我晚上只要一做梦，梦里就会出现另外一个太树，把他们家闹得不可收拾。这么说，我今晚应该做一个黑田的梦……

“想出什么好主意了？”

“嗯，差不多……”

那天，太树回到家里赶紧铺床钻到被窝里。

嘿嘿嘿……我现在就做黑田的梦！黑田，你就等着吧……

但是，梦这玩意不是你想做就能做的。梦，太树确实做了，但梦里的主人公不是黑田，而是道子。

梦里出现了稀奇古怪的景象。道子在动物园戏弄猩猩，猩猩发怒后打坏铁笼窜到外面，一把抓住道子的头发拽得她到处跑。太树为了帮助道子，在梦里操起灭火机朝猩猩脸上喷洒白色灭火泡沫。就在这紧张时刻，太树被摇醒了。

“干什么呀！太阳还没下山你就钻进被窝睡了，是不是发烧了？”母亲在枕边问。

"没这么回事……"

"我不知道你是怎么回事。总之你给我打起精神来！现在就分不清白天黑夜，长大是不会有什么出息的。"

"那好，我问你，妈妈，你怎么现在就回来了？"

"怎么？现在回来你不高兴？妈妈有时候也要提前回来，看看傻儿子在家里干什么。"

这时电话铃响了，母亲拿起听筒说：

"是，是我们家。嗯，嗯，他在家里。我回家时他睡着呢！什么？你说什么？让他接电话？啊啊，不用了，好吧，再见！"

电话好像是道子打来的，查证太树是否在家。

第二天，太树在学校里问道子。

"喂，我昨天梦见猩猩了。怎么回事？"

"梦见猩猩？"

道子一脸惊讶。

"是呀，你戏弄动物园里的猩猩，结果猩猩发怒后打坏铁笼窜到外面抓住你的头发，拽着你到处跑。”

道子越听越吃惊：

“你，你说什么呀？我没去过动物园呀！”

“啊，原来这么回事！可那是梦！在最紧张的时候我被妈妈喊醒了。这时你打电话来了。”

道子朝远处眺望了一会儿，沉思起来，接着突然“啊”地叫了一声，看着太树哈哈哈地笑了起来。

“想起什么好笑的事了？”

“猩猩好狠毒呀！这猩猩就是哥哥哟。”

“什么？哥哥在铁笼里待过吗？”

“不是这么回事。哥哥明年考试，为了不让我们影响他复习，在房门上贴了一张‘谢绝见面’的告示纸，不让任何人进他的房间。妈妈要他把架子上的烤箱拿下来，大声叫喊，可他就是不出来。于是我撒谎说，哥哥，你那个要好女同学打来电话了。这招妙极了！哥哥飞也似的从房间出来朝电话那里跑去。当得知我是骗他后大发雷霆，抓住我的头发把我拽来拽去的哟。是呀，当时你就站在走廊上！”

“这个……我……”

太树屏住呼吸看着道子。

“是呀，你看见哥哥抓住我了，赶紧抱起灭火机倒过来喷射。那是老式灭火机，从仓库里找到的。为了回收，一直放在仓库里。只要颠倒过来，灭火机里的消防液就会蜂拥而出。你正面喷射，让哥哥洗了个泡沫澡，整个房间也到处是泡沫。等到擦洗完毕，我往你家打了电话，你妈妈说太树在家里睡觉，这让我有点害怕起来……不用说，我家发生这些事时你在自己家里是吧?！”

“嗯，那，那家伙是谁？”

“可是我看见的人确实是太树，我哥哥也说是你。不然的话，我哥哥是不可能那么使劲跳起来的。”

“这么说，你哥哥还对我发脾气了吗？”

“是的，他还是反对我跟你重归于好。”

“噢，果然还是反对。”

“什么？你说什么？”

“哦，没什么。”

太树挂断电话独自一人陷入沉思。

看来确实还有一个与我相似的太树，他不知道怎么去黑田家，因此不可能去他家。我也不知道黑田家在哪里。好吧，今天试着去一下……

这时，同班女生池内贵美子走到太树面前。她在班上属于老实人，在女生中间不起眼。

“哎，听说你的书包在体育馆的仓库里。”

“什么？”

太树看了一眼椅背，平时一直挂在上面的书包不见了。

“奇怪！书包怎么会自动跑到体育馆里面去呢？”

太树离开教室跑到体育馆，打量体育馆尽头，那里是体育道具仓库，有跳箱、跳板和球类啥的，书包果然在桌上。太树径直跑到桌前查看，确实是书包，旧得皱皱巴巴的，但不是自己的书包。

“啧！”

太树正要离开仓库，不知什么时候门被关上了。

开什么玩笑！大概是天性顽劣的捣蛋鬼……

太树用力推门，怎么也推不开，看来，有人在门外上了锁……

从门缝朝外打量，可是门关得严严实实，根本就没间隙，丝毫看不到外面。

“喂，开门！”

太树用力敲门，可是什么反应也没有，倒传来了上课的铃声。

“这下糟啦！”

太树环视室内，虽有出口，但是门已被牢牢锁上。虽然有窗，但是窗子很小，而且高高在上，用拉绳往下拽，玻璃窗才可斜着打开。

尽管那样，太树还是找到角落里的梯凳，花费了好大的劲把它拽出来。他把跳箱当作台架，把梯凳靠着墙面放在跳箱上，爬上去从小窗口眺望室外，发觉玻璃窗与地面之间足有两米高。

“不行！跳下去肯定骨折。”

太树顿时打消了往下跳的念头，从梯凳下来坐在跳箱上。

“几乎从没碰上过这样的恶作剧，看来一定是黑田搞的鬼！”

太树自言自语道，但是手头上没有黑田的证据。

周围静悄悄的，宽敞的体育馆里好像一个人也没有。

“真没想到天气会这么好！要是雨天，上体育课的班级就会改在体育馆室内，可是……怎么办？如果过一会儿有人来就好了……或者池内贵美子告诉老师……那么，小松老师可能会来体育馆找我吧？！啊，是呀，小松老师说过今天第一节上自修课。”

太树失望了，不再焦急等待。

尽管那样，第一节课的时间还是相当漫长。终于等来了下课铃声，但还是没有人来体育馆。片刻后传来了第二节课的上课铃声。听到铃声，太树不

由得胆怯起来。

稍顷传来了脚步声，太树拼命打门，门吱嘎吱嘎地开了，出现在门口的是教导主任。

“你在仓库里干什么？”

“我是被，被，被关在仓库里的。”

“被关在仓库里？门没有锁哟！”

“怎么可能！确实上锁了。”

“可是刚才并没有上锁哟！你要是想出去，应该任何时候都出得去。”

“那个……可是，我推门推过好几次了哟……”

“你不感到奇怪吗？这门如果推是能推得开的，你也应该能出去。”

就在他俩争执不休的时候，小松老师赶来了。

“那个……我班同学中谷太树又出什么事了？”

“他说被关在体育馆仓库里了，可我来时这门并没有锁呀。”

小松老师用怀疑的目光看着太树。

“你是因为书包不见才来这里的吧？可你书包

分明放在桌子抽屉里哟！到底怎么回事？”

“怎，怎，怎么回事？”

事实上，太树自己也不明白到底是怎么回事。

“太树，你明明知道第一节是自修课，就躲到这里逃课？”

“您怎么能那么说！待在这种地方根本就没趣……”

“哦，那倒也是。”

“总之，有人设圈套让我钻。”

“你说设圈套也太夸张了！有谁要给你设圈套啊？”

太树想说“黑田友高”，可是话到嘴边又咽下了。是的，有证据才可以理直气壮地说，没有证据，说出去反而招惹麻烦。

回到教室后，小松老师问池内贵美子：

“池内，是你对太树说他书包在体育馆仓库里的吧？”

“是的，有人要我这样说。”

“谁让你这么说的？”

“我不知道是谁。”

“你说不知道是什么意思？”

池内贵美子表情困惑，脸通红，不知所措。

“我讨厌你！你根本没接受陌生人的委托！”

“我说！是这么回事！”

池内带着哭腔说。

“好吧，说说具体时间，还有是谁委托你的。”

“那个……我当时正在洗手间里，有人嘎噔嘎噔跑到洗手间门外对我说，‘池内小姐，你班上同学中谷太树的书包在体育馆仓库里，请别忘了告诉他去取！’说完，门外传来嘎噔嘎噔远去的脚步声。是女生的声音。”

“那声音熟悉吗？”

“不熟悉。那时水箱里的水正冲向坐便器发出哗哗的响声……”

说完，池内红着脸两眼朝下。大家笑了，但是太树怎么也笑不起来，目光悄悄地射向黑田，此刻黑田正跟大家一起笑。要说他的神情可疑，倒也可疑，但要说他的神情正常，倒也正常，太树一时难以做出准确判断。

第二节课结束，黑田向太树招手。

这家伙怎么啦？如果有事，主动过来不就得了嘛！

太树这么想着但又不放心，便朝黑田那走去。

“哎，你上课时为什么瞪大眼睛上下打量我？你是想提醒小松老师注意我是吧？你为什么缠着我？”

“你怎么那么说呀！我没打量过你哟！”

“这么说，你是不经意地看我的哪？”

“不是那么回事哟！”

“那你说说怎么回事哟！”

“我也不知道是怎么回事哟！”

“什么怎么回事？你什么理由都没有就朝我瞪眼睛？”

这就像路上遇到醉汉那样，死缠着行人胡搅蛮缠。

“请原谅！都怪我不好，我不再看你了。”

“好吧，希望你说话算话！一见到你看着我的目光那么怨恨，我心里就不好受。”

太树什么话也没有回答。如果黑田说什么“你是怀疑我设圈套把你引诱到体育馆仓库里的吧”，那么，黑田就很值得怀疑了。不过，太树对自己在体育馆的遭遇只字未提。

太树总觉得，那个让他难堪又幸灾乐祸的人，除了黑田之外不会有其他人。黑田恶作剧后还不留一点痕迹，太树不免对此心惊胆战。

看来，只有拜托那个与我相似的人，请他想方设法教训教训黑田……

心里那么想，就是不知道怎么寻找那个神秘人物。细想一下，太树本人一次也没有见过另外一个自己，当然不知道他在哪里。

这时，有人从背后推了太树一把。因为毫无防备，太树嘴啃地趴倒在地上，噘起嘴转过脸来一看，原来是那个六年级头号皮大正健太郎。此刻，健太郎正笑嘻嘻地站在那里。

“哎，你近来好吗？”

“嗯，还是老样吧！”

“我知道了你的近况哟！”

说完，健太郎打量着太树脸上的表情：

“你大概被黑田欺负得很难受吧？”

“嗯，是的。”

“如果要我帮忙，我会狠狠教训他的。”

“别，别那样。”

太树急忙拒绝。要是黑田挨了健太郎的揍，黑田回过来又要报复自己，而且报复的程度会比以前有过之而无不及。

“嗯，那好吧！”

说完，太树炯炯有神地看着健太郎说：

“哎，我有话问你。”

“行呀，你尽管问吧。”

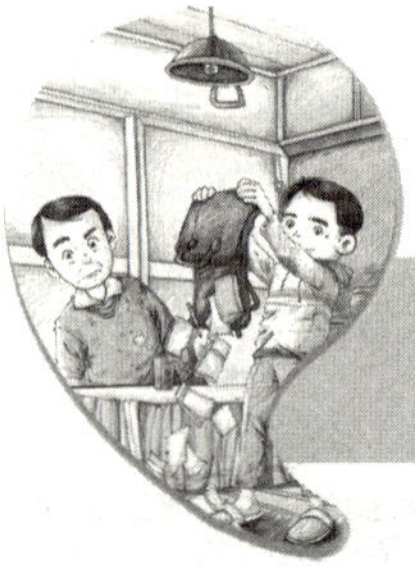

# 想出了对策

“那个……说说我半夜里去你家的情景。”

太树说。健太郎嘴上虽然说“你尽管问”，可当太树提问后脸上浮现出讨厌的神情。

“啧，我好不容易忘到了九霄云外，偏偏……总之，你当时的样子让人不寒而栗哟！脸上凶神恶煞，把我从被窝里拽出来，脱下我的短裤打屁股……好了，就说到这里吧！”

“呵，但是，我，为什么要去你家里呢？”

“我怎么知道？总之，你当时是来报复的。”

“报复？”

“嗯。那天白天我在学校脱下你的裤子打了你的屁股，所以你来我家报仇是吧？”

“哦，是因为你脱我裤子我才去你家报复的？那好，你再试一次好吗？”

“打住！我惹你了？我怕你哟！要试就去黑田家试哟。

是啊！你让黑田脱你的裤子！你呢，半夜里不就可以去黑田家报复了吗？”

“哦。”

太树陷入沉思。

“对不起，我有急事。”

健太郎觉得再待下去也许会麻烦缠身，急忙走了。

但是，我去道子家的时候，没有被拽下裤子和打屁股……不，总觉得道子当时对她哥哥说过：“哥哥，脱太树的裤子。”

太树朦朦胧胧地回忆起那天发生的情景。这时，又有人从背后捣了他一下。转过脸看，是多惠。

“打起精神来哟，我一直注视着你，直愣愣地站在这里像大傻瓜。”

“真的那副模样？”

太树发现自己站在自家门前。

“原来是那么回事哪！好吧，明白了，我就按健太郎说的先让黑田打我的屁股。”

太树自言自语。多惠惊奇地望着太树。

那天早晨天气寒冷，周围到处是霜。太树急匆匆地去了学校，在教室里等候黑田。黑田不知道太树有这样的预谋，优哉游哉地走进教室。

“喂，黑田，我有话跟你说。”

太树说着走到他跟前。黑田小心翼翼地打量着太树脸上的表情，似乎觉得健太郎躲在某个地方。

“一个人也没有，放心吧！”

“明白了！说吧，什么事？”

“在这里说不行。”

“哦，你要带我到没人的地方，我觉得你是想找什么人打我吧？”

“我不会那么做的。要不找你喜欢的地方去说。”

“我没什么特别喜欢的地方。”

“别那么说，跟我打交道哟！”

“不管去哪，我总觉得你想对我做什么？”

“嗯。差不多吧。”

不接话茬也就没事了，可太树偏偏直截了当地回答。

“讨厌！我可没挨过你的欺负呀！”

黑田一下子谨慎起来，根本不肯接受太树的邀请。太树想尽办法要跟黑田单独在一起，可是黑田好像摸透了太树的用意，只要太树一靠近，他就立即躲开，要么说些不着边际的话，要么根本不给太树走近的机会。

上课了，课堂练习让他俩面对面坐到一起了。可课堂上并非只有他们俩。这是一堂美工课，抽签把他俩安排到一起面对面地给对方画肖像画。

“老师！”

黑田喊小松老师。

“什么事？”

“那个……我可不可以不画对面的太树？”

小松老师看着面面相觑的太树和黑田。

“你说你讨厌太树？”

“是的。我总觉得太树对我怀有敌意，也许会把我画成妖怪。”

但是，老师没有采纳黑田的意见：

“假如把你画成妖怪脸，只说明太树画人的水平差，你别放在心上，不要管对方怎么画自己，只要他认真作画就行了。如果对方的脸长得像南瓜，那把他画成南瓜也是可以的。不过，别忘了对方是自己班上的同学！太树，你明白了吗？”

“是。”

黑田主动挑衅，然而太树并没有放在心上。可黑田好像并不罢休，继而背朝太树，视线移向别处。

不过，背朝着对方自己也无法绘画，黑田不得不恢复原来的坐姿，瞪着眼睛问太树：

“太树！你今天早上有话要跟我说，到底是什么话呀？”

“不能在这里说。”

“反正是脱裤子打屁股吧？”

“是的。”

“你还记着当时的情况吗？”

“当时？”

“嗯，就是说在健太郎家发生的事。”

“啊，那事我可不知道。”

“哼，装什么糊涂！”

“不知道就是不知道。”

“你也太迟钝了吧？脸上被涂满红色，屁股挨打……”

一旁的四个人哧哧笑了。不知不觉小松老师已站在他俩身边了。

“黑田，你说讨厌对方，可你现在不是很轻松地在跟对方聊天吗？老师只让你俩互相画对方的脸，并没让你俩开玩笑。”

太树和黑田乖乖地缩着脑袋，继续拿笔认真地画对方的脸。

片刻后，黑田伸长手想出其不意地夺过太树手中的画。

“住手！”

太树推开黑田的手，没想到却在黑田下巴上扇了一巴掌。

“你打我！”

放学后，他俩因在美工课上吵架被留在教室里反省。

小松老师对他俩的表现十分恼火。

教室里没有其他人，就太树和黑田俩。对于太树来说，这是绝好的机会。

“哎……今天早上想说的事……”

太树对黑田说。

“什么呀，说说看！”

“你脱我的裤子打我的屁股！”

“什么？”

“你说过要脱我的裤子打我屁股的！”

黑田胆战心惊，连忙摇手说：

“哼，我会上你的当吗？下流坯！”

“你怎么那么说，快打呀！”

“说说原因！原因！”

“原因不能说，你既然说要打那就快打吧！”

太树显得很老实。黑田扑哧笑着说：

“好吧，我打你屁股，转过身去！”

太树松开裤腰上的皮带刚转过身去，只见黑田像踢足球那样朝太树的屁股猛踢一脚。

“哎哟！”

太树整个身体蜷缩成一团摔倒在地板上，屁股上生出乌青块，耳朵里发出“嗡”的响声，整个人似乎变得麻木了，瞬间失去知觉不省人事。

等到太树醒来的时候，发现小松老师和黑田站在眼前。

“太树，我有话要问你。”

小松老师说着打量太树脸上的表情，“真是你让黑田打屁股的？”

太树以为出什么事了，老老实实地答道：

“是的，我是那么说来着。”

“浑小子！”

小松老师猛地扇了太树一巴掌，太树再一次倒在地板上。

“你真是个傻瓜！能不能稍微正经点！你开这种无聊的玩笑想干吗？”

这下，太树不知道该怎么回答才好了。

“好吧回到家后认真反省！告诉你吧，看到你这张脸我就心烦。”

说完小松老师风一般地离开教室走了，黑田也急忙抓起书包追赶老师去了。

真倒大霉了啊！一个踢我的屁股，一个打我的耳光……太树喃喃自语地离开教室。

“好吧,我就这样观察对方一段时间吧!”

可第二学期快结束的时候，发生了令人惊讶的事。

黑田一看到太树，眼睛里就流露出鄙视的目光。而且,太树突然觉得小松老师也那么看自己。

第二学期结束后，在回家路上，太树被意想不到的同学喊住。她是同班女生池内贵美子。

“那个……我猜把你关在体育馆仓库里的人叫黑田。”

“有证据吗?”

“那个在洗手间门外说话的人,是他妹妹。事后他妹妹还问过我，让你带的口信捎给中谷太树了吗?”

“浑小子!”

太树暴跳如雷，可现在发脾气已经太晚了,眼下第二学期结束仪式都开完了。寒假已经开始,要等到寒假结束第三学期开始才能再见到黑田。太树失望极了，垂头丧气地走在路上。

这时，多惠喊他。

太树心里正窝着火，没好脸地朝着她问："干什么？"

多惠也不高兴了，瞪着眼睛盯着太树说道：

"太树，你果然像别人说的那样怪兮兮的。"

"怪，怪兮兮？"

太树犹梦初醒问多惠。

"自己做的事不知道吗？"

"我，做了什么啦？"

"讨厌！你刚才不是大声吼叫吗？行人们都在看着你脸上的奇怪表情哪！"

"我吼叫了？吼叫什么了？"

"是变态哟！"

"什么？真的吗？接着说，为什么吼叫？"

"那要让我说吗？"

多惠怒气冲冲地紧盯着太树问。

"求你了哟，告诉我吧！"

多惠脸朝前方一边走一边快言快语地说:

“让别人打你的屁股……”

“哇!”

太树连自己也不敢相信。

“我现在最关心的是你叫嚷的浑小子是谁?”

“这不是明摆着的吗?是黑田哟!”

“啊,是吗?果然是那么回事!对不起,我先回家。

“喂,等一下!”

多惠没有转过脸,太树不免担心起来,在进家门前顺便去多惠家门口按门铃。屋里,冷不防传出多惠的声音:

“要是太树按铃,我可没空接待你哟!我不想跟缺心眼的人交往!”

“你怎么那么说!我哪里缺心眼啦?你说说看!”

“还用得着我说!你应该自己想想!”

“我是因为不知道才问你的,可是你……”

“那就是缺心眼哟!”

说到这，门铃的电源插座好像被拔了。太树再怎么按也发不出叮咚叮咚的铃声。太树失望极了，大声吼道:“多惠，多惠！”还不时地用手掌敲打玄关大门。屋里的多惠惊呆了，没想到太树会这样不讲礼貌，便开门朝太树说:

“放正经点！你应该让喜欢的黑田打你的屁股！”

“等等！我根本不喜欢那家伙！”

“撒谎！不问问自己说的话，反而被你恨的人怀恨在心。”

“哎呀，怎么回事？我压根儿不明白哟。”

太树表情认真起来。

“你，希望你喜欢的黑田打你的屁股，偏偏遭到他的拒绝，你便对他怀恨在心。是那么回事吧？你求过黑田让他打你的屁股吧？”

“什么？”

“想起来了？那好，再见！”

“等等！”

太树想用手阻挡多惠关门，但多惠还是把门关上了，门啪地卡住了太树的手指。

“哎哟！”

听到太树的悲鸣声，多惠稍稍打开玄关的门，等到太树把手抽回的瞬间又关上了。太树不知是后悔还是疼痛，哭丧着脸回家了。不用说，家里空无一人。他左手被卡住的手指擦破了皮，正在渗血。

即便是近日见到的多惠，也没有这么狠毒过……想到这，太树感到很伤心，仰头朝向天花板。

那事没准又是黑田到处散布的，传到了多惠的耳朵里。

“这个浑小子！”

在太树看来，就连中指受伤也是黑田造成的。可是让太树伤心的是，多惠居然把黑田编造的谎言当真。稍顷，爸爸回来了。

“咦，你今天上学早退了？”

“没有。今天学校举行第二学期结束典礼。”

报告单领回来了，拿出来给我看！”

太树把书包颠倒过来，把里面的东西倒得榻榻米上到处都是，有成绩单，有寒假守则，有老师批阅过的测验卷。

“哟！”

太树不由叫出了声，里面有美工课时给黑田画的肖像。

“这浑小子！”

太树把画揉成皱巴巴的纸团，扔在榻榻米上，再用脚踩，踩扁后捡起来揉成纸团，再踩扁。当他把它扔到柱子那时，手腕被爸爸抓住了。

“喂，干什么？”

爸爸很少这样怒吼过：

“你精神正常吗？”

太树一边哈啊哈啊地喘气，一边点头。

“你刚才那么做学谁啊？”

“嗯，有一点点。”

太树一边说，一边找捏皱的纸团。从扔出一直到击中柱子，纸团一直在自己的视线里，可是手腕被爸爸抓住后，纸团离开了视线。眼下，纸团不翼而飞了。

“这是什么？”

爸爸摇晃着手上像信一样的东西问太树。

“啊，这是老师要我交给爸妈的信。”

“你，好像有变态的恶习。说说看！”

“什么？”

“这上面写着呢！说你主动让同班男生施虐。你让他做什么了？”

“喂！说说看！”

爸爸脸色骤变。太树一时回答不出，心想，就算说了“只要他打我的屁股，就会出现另一个我教训他”的话，爸爸也不可能相信，再说也没有证据证明会出现那样的情景。

“快说！”

爸爸捣太树的脑袋。

“不，不是那么回事！那浑小子特别坏！我，非常后悔，想放屁让他闻，没想到给老师看见了，误以为

我让别人做什么变态的事。”

“你真那么做了？”

爸爸大吃一惊，问道：

“太树，我小时候也很调皮，但是从来不做你那样的傻事！”

爸爸很少训斥太树，即使成绩也不怎么说。这一回，爸爸好像很惊奇，教训了很长时间，还说了让太树伤脑筋的话：

“总之，你马上就要成为六年级学生了，可是脑瓜子里装满了馊主意，很成问题！等一下我和你妈妈认真谈谈。”这时电话铃响了，爸爸拿起电话说：

“是的，这里是中谷家，是的，什么？你说什么？有，有那么怪的事吗？你说是我儿子干的，那不可能！因为他就在我跟前！请别说怪话！是不是其他什么地方的……请别开玩笑！哪有那么傻哪！”

说完，爸爸粗暴地放下电话看着太树。太树也诧异地看着爸爸。

“这社会上还真有怪人呀！还是你稀奇古怪的

坏习惯传染给别人了?!电话那头的人说你在黑田家脱下自己的裤子，笑嘻嘻地走到跟前让他打你的屁股。”

“什么?那是真的吗?”太树不由问道。

“这话太离谱了!你刚才确实就在我跟前。这人说，你去了他们家让他们家人干了变态的傻事。这话谁能相信?”

这时,电话铃又响了,爸爸拿起电话说:

“是,什么?我拒绝!因为我儿子就在跟前。我可以让他接电话跟你通话吗?啊,好的,请等一等!”

说完,爸爸把电话递给太树。

“听好了吗?你千真万确是中谷太树本人,要把这情况让对方听明白!”

“嗯……喂,喂。”电话那头说话的是黑田妈妈。

“你不要接电话,喊你爸爸接!”

黑田爸爸快要哭出声了。

“是爸爸叫我接您的电话的。我是中谷太树。”

“撒谎!这个出现在我家的男孩才叫中谷太树呢!”

“那，请让黑田接电话！”片刻，传来黑田喘气的说话声。

“喂，喂。”

“我，我是中谷太树，怎么啦？”

“你，你怎么能这样？你必须给我想办法！”

“想什么办法？”

“因为另外还有一个你……啊，他来了。滚开！别过来！我恶心！”

“喂，怎么啦？”

“那情况我怎么知道？”这时，太树脑袋里闪过一个念头。

“喂，黑田，认真听我说！听好了吗？你抄一下我说的电话号码！是大川多惠家的电话号码，你打电话到那里求她帮忙！”

接着，太树把多惠家的电话号码告诉了黑田。

“到底怎么回事？”

“嘻嘻嘻，这世上还有一个我，眼下正在他家里替我报复他呢。”

“说什么呀，好像是做梦……”

“因为对方这么说的哟！并不是我在说呀。”

“梦会成为现实吗？”

不一会儿，太树家玄关门开了，传来多惠的声音：

“屋里有人吗？”

“听，她来了！”太树跑到玄关。多惠不停地打量太树后说：

“如果黑田没有撒谎，那么说这世上应该还有另外一个变态的太树。”

“如果我不是太树，那谁是太树呢！”

太树得意地对多惠说。

# 都是碎壶片惹的祸

多惠还是瞪大眼睛上下打量太树。

“你，肯定有脚吧？”

太树为了让她看自己的脚，又蹦又跳的。

“那个……我可以摸摸你的脚吗？”

“请，请。”

多惠握住太树的脚脖子，不，不仅握住，还把他的脚趾竖起来。

“疼哟！你干什么！”

“对不起，你果然是真人。”

“那当然！”

这时，电话铃响了，爸爸又拿起听筒，听了一会儿后把电话交给多惠。

“喂，我是多惠。哎，黑田，如果是太树，他肯定就在我眼前，这就不用解释了。我刚才抓他的脚竖他的脚趾确认过了。要是你还不信，那你亲自来这里模仿我的动作怎么样？什么？消失了？你说的消失是怎么回事？也许是你做梦吧？！是吗？那请多保重。”

多惠放下电话，耸了耸肩。

“他说消失了。”

“怎么消失的呢？”

“我怎么知道。黑田好像太过分了。”

“哼！那个浑小子！”

“别发那么大火！因为太树不痛不痒的。”

“那倒是的。但是像他那么聪明、灵活的人，就连欺负别人时也不留任何蛛丝马迹。”

7

“这么说，逼黑田脱太树裤子打太树屁股的家伙是另外一个太树吧？”

多惠不放心地问。

“这倒不是。让黑田脱我裤子打我屁股的，就是我。”

太树实话实说。多惠屏住呼吸，满脸惊讶。

“那个呀……说出来也许你不会相信！我觉得这世上还有一个跟我相同的太树。”

“什么意思？”

太树解释说健太郎家里出现过另一个太树的情景：

“为什么另一个我去过健太郎家？因为健太郎脱了我的裤子打了我的屁股；还有我去道子家，道子哥哥也脱了我的裤子打了我的屁股。所以我想，如果黑田也脱我裤子打我的屁股，那么，另一个我也会去黑田家替我报仇，脱他的裤子打他的屁股。”

“啊，原来是这么回事！我还以为太树变态呢！”

“打住！我脑袋笨，但不会那么变态。”

“明白了！我也要告诉阿姨，不然会受到太树报复的。”

多惠说的阿姨就是小松老师。

“多惠，不是也用门卡住我的手指了吗？”

“请原谅！”

第二天大清早，一个不速之客来到太树家，是上原健太郎。

“这么早来有什么事吗？”

“那个……今天早晨，黑田铁青着脸来到我家，要我狠狠地揍你一顿。”

“如果按他说的做，他会买一架照相机送给我做压岁礼物。”

“这么说，健太郎来我家是打算狠狠地揍我一顿？”

“别说傻话！我可没忘记上次的教训哟！门窗关得再怎么严实，你还是能进我家门。”

“接着说！”

“所以，他说了，要我来求你别去他家，他已经投降了。”

“我又半夜出现了吗？”

“好像是的。听我说好吗？别发火哟！因为这话是黑田说的哟……”

健太郎说，太树昨晚出现在黑田家里，在床边脱了黑田的裤子打了他的屁股。

“没有踢也没有揍黑田吧？”

“啊，那好像没有。但是模仿那样的动作威胁了黑田整整一个晚上。”

“那，威胁就可以了，偏偏……因为既不痛也不痒的……”

“好像也不是那样。据说，是用高尔夫球杆敲打什么东西后猛然消失了，片刻再出现，笑嘻嘻地光着屁股威胁。”

“你装着没看见就是了，偏偏……”

“据说黑田也想那么做，没想到那家伙一屁股坐在他脸上。”

“嘿！”

“喂，太树，现在可不是那么高兴和激动的时候哟！”

健太郎用忠告似的口吻说。

“黑田说了，如果我求太树也无济于事，那他就要你……”

“啊，他也许会那么做?! 他一个劲地钻牛角尖，眼睛直愣愣的。你最好还是小心点。”

“你怎么那么说！我昨天确实在家里睡觉，再说这么寒冷的半夜我不可能去他家，也不可能光着屁股哟。我会感冒的。”

“那倒也是呀。这么说，你心里一点数也没有?”

“不可能没有啊。我祈祷过，希望另外一个我去他家替我报仇。”

“光祈祷就有用?”

“我不知道哟。以前在健太郎家出现，是因为他在楼梯口强行脱我裤子打我屁股……”

太树说着，突然想起黑田欺负自己的事，怒上心头。

“健太郎，你让黑田马上过来向我道歉。”

健太郎被太树这般凶相吓呆了，眨着眼睛说：“好，我马上跟黑田说！”说完回去了。

妈妈出门，爸爸出门，家里就剩下太树一个人，健太郎打来电话说：

“喂，是太树吗？黑田是个相当聪明的家伙，如果一个劲命令他去你家，他也许会说‘就不去’。也许还会说‘决不向太树道歉’。他还曾说过‘要在让他倒这么大霉的太树身上抽掉两三根肋骨’！黑田说，你以前也说过要抽掉他两三根肋骨的话吧？”

“啊，我只是说说，在女生面前说说大话而已，从来没想过真会那么做。”

“那倒也是。可他不是说说而已，是说干就干的家伙哟！眼神怪兮兮的，嘴里还一直说什么‘被逼急了的人是最可怕的’。他就是这样的家伙。总之，你最好还是小心一点。”

“衷心感谢你的提醒！”

放下电话，太树有点不安，眼下家里只有他一个人。如果这时眼神怪兮兮的黑田手持鞭子飞也似的跑来,那后果不堪设想。

想到这，电话铃又响了。电话那头传来黑田的声音,哈啊哈啊地直喘粗气,声嘶力竭地叫嚷:

“喂,太树,你一步也不准出门！”

“为什么？”

“什么为什么！我这就去你家,我会毫不客气地踹你一脚。你如果害怕,就别在我面前晃来晃去的。听好了,我这就去你那！”

黑田说完就把电话挂了。

嘿，我好像突然变得好奇起来很想知道还有一个我究竟在干什么。而我也要小心提防。要是凑巧在街上遇见,也许他会教训我呐……

这时玄关门被推开了,多惠对太树说:

“那个……小松阿姨说有事找你,你来我家还是我们来你家？”

“去你家,去你家！”

太树独自一人在家有点害怕，于是锁住玄关门跟着多惠去她家。

多惠的小松阿姨，也就是他俩的班主任，此刻正板着脸在等他。

“刚才，你去黑田家了吧？”

还没等太树坐下，小松老师就说道：

“黑田说你去过他家，还说你举止奇怪。可是，多惠说你当时确实待在家。那个……虽说以前也发生过这样的怪事，但是我想知道怎么会发生这种怪事的。”

“我也不知道。”

“你该不会做了不可思议的祈祷吧？”

“没有。无论怎么想，我也不明白到底怎么回事。老师你说呢？”

“说什么呀！你都不知道的事，我怎么知道呀！”

小松老师厌烦地叹了一口气。

“哎，太树，从什么时候起变成这样的？”

多惠问道。

“你问什么时候，我怎么知道。我想是在多惠搬来以后吧?!”

“你怎么那么说！可与我无关哟！”

这时门铃响了，原以为多惠妈妈会去玄关开门，没想到她一脸困惑地走进房间。

“怎么啦？姐姐。”

小松老师问。

“一个叫黑田的人在门口，问中谷太树是不是在家里。”

“好吧，让他进来。”

“我，危险哟！”

太树忐忑不安。

“没事！你确实一直待在这。必须要让他明白。”

“可是，黑田说要抽掉我身上两三根肋骨，还说如果我出现在他面前，他就……”

“我保护你！”

多惠妈妈带进来的人，是黑田妈妈。

“啊！老师，刚才……”

黑田妈妈看见小松老师后，一脸吃惊，但是当看到一旁的太树后，表情立刻变了。

“你是中谷太树？什么时候在这里的？”

“半小时前来这的哟！当然，那之前是在他自己家里。”

小松老师替太树回答。

“那个……让我打一个电话好吗？”

黑田妈妈说完，走到有电话的走廊那往自己家打电话：

“喂，喂，啊，我是妈妈，太树还在你身边吗？嗯，嗯，住手！不能那么做！总之，在妈妈回家前不准动手！”

黑田妈妈放下电话，回到房间，脸色煞白。小松老师问她：

“怎么啦？”

“也许是我们家的黑田脑瓜子有问题?！明明太树在这里，可他刚才还说太树在他身旁傻笑。哎，太树，求你了，希望去我家跟黑田说你一直待在这里。”

太树心想，如果冒冒失失地与黑田见面，说不定会挨他的揍。

“求你了！我家黑田在歇斯底里地吼叫呢。”

“不去！你那儿子经常欺负我，又不道歉认错，我简直无法容忍……”

“可是，会不会是误会啊？他可不是那样的孩子呀！”

“阿姨你不知道，我现在就问他。”

“那好吧，要是他道歉认错了，你可以去吗？”

“啊。”

黑田妈妈又往家里打电话：

“喂，啊，是幸子吗？喊你哥哥听电话！不行，他怎么能做那样的傻事！我马上回来。”

小松老师担心地走到旁边问道：

“现在怎么啦？”

“我那孩子在家里发疯！拜托了，老师，您也一起上我家好吗？”

“走！太树，你也去！”

不管太树愿不愿意，小松老师让黑田妈妈和他一同乘上自己的小型轿车，朝黑田家驶去。在黑田家玄关那，黑田妹妹正在哇哇哭泣。她是小学二年级学生。

“怎么啦？幸子！”

“哥哥从楼梯上摔了下来！”

推开玄关门走进去，只见黑田正趴在楼梯底下。顷刻间，救护车驶来了。

“去市立中央医院！我妈妈在那家医院。我也一起去！”

太树嚷道，他和黑田妈妈乘上救护车。这时，黑田已经失去知觉。到达医院的时候，太树妈妈凑巧走来。

“妈妈！我们班上的黑田从楼梯上摔了下来！”

“明白了！”

黑田立刻被送往急诊室。这当儿，太树给多惠打了电话。一会儿，小松老师、多惠和黑田妹妹也来到医院。

“听他妹妹说，黑田是想把你推下楼梯，结果自己从楼梯上摔了下去。”

小松老师这么对太树说。大约一个小时过后，黑田妈妈来了。

“哎呀，让你们费心了！医生说黑田没有生命危险，只是肋骨断裂，好在没有脑震荡。”

说完，她立刻朝太树鞠躬：

“对不起，让你受委屈了……黑田说责任全在自己。还有，幸亏你妈妈在，太谢谢了。”

太树也真的放下心来。因为一直在担心，黑田断了两三根肋骨后是不是要动大手术。

“太好了，真是太好了！好吧，我们一起去哪家饭店吃了饭再回家吧！”

“小松阿姨请客好吗？”

多惠的眼睛里流露出淘气的目光。

“哎呀，这件事终于结束了。”

听了这话，太树稍稍不安起来。

这件事真的结束了吗？……

今晚，小松老师请大家吃饭。太树吃完回到家，见爸爸站在玄关那一脸奇怪的表情。

“怎么？你从什么地方回来？”

“从医院乘小松老师的轿车出门再步行回家的。多惠也跟我一起回来了。”

“真的吗？”

“啊。”

“我来到你现在站的位置，看见你一阵风似的走进玄关。我喊你，可你没回答，而且玄关门也是锁着的……”

“啊！一定是他！”

太树急忙开锁进屋。

“喂，另外一个我，出来！”

太树怒吼。

“太树，你说什么？”

爸爸瞠目结舌。

“怎么连你也变得奇怪了？”

屋里一片寂静，什么迹象也没有。

“我现在最关心的是,爸爸刚才为什么……”

“啊,我是来拿壶的,就是那把放在壁龛间角落里的壶。”

爸爸在壁龛间拿起壶,皱起眉头说:

“臭啊,里面一直有水吧?”

爸爸打开朝向檐廊的门,在院子里的水斗上把壶颠倒过来。这时,好像什么东西跟脏水一起啪嗒啪嗒掉落下来。

其中,有太树给黑田画的肖像画,由于颜料化开已经模糊不清。可是太树只看了一眼,就想起那是以前的绘画作品。

浸透水的图画纸上坂井道子、白毛猪几个字依稀可见。

“喂,太树,你把它当成废纸篓了吧?什么东西都往里塞。”

“我没那么想!那么,这壶怎么办?”

“还给主人哟!去把抹布拿来!”

爸爸在院子水漏边上,仔细地用自来水冲洗那把壶。

“听到什么怪话了？”

“你说怪话？”

“我也不知道，但是这把壶好像有什么奇怪的由来！”

“由来？”

“啊，我不信那样的传说，但它是有灵魂的。”

“灵魂？”

“人活着有活灵，也可以叫灵魂，但是人死后就变成了幽灵。”

“哦。”

“本打算昨天归还，但忘了……咦！喂，太树，我刚才在门口看到的也许是你的灵魂？因为过了一会儿你就回来了。”

爸爸把洗好的壶放在檐廊下面，战战兢兢地说：

“听好了，说到底这只是传闻，不是我的亲身感受，你就当作故事听听吧！”

爸爸叙述了壶的由来:

“朋友妈妈因病卧床不起，按理说从早到晚一直是躺在床上的。可外面传说朋友妈妈优哉游哉地到处走动。于是朋友问患病的妈妈是不是有这回事。妈妈说,如果想去哪,只要把写有目的地的纸条放在壶里祈祷，再做这样的梦时便可以到达想去的地方。妈妈说话的表情十分认真，朋友惊恐万状赶紧把壶收起来。凑巧太树爸爸需要那样的摄影小道具,就把它借来一直用到现在。

“前不久朋友的妈妈去世了,一个来参加葬礼的人说:‘死者生前借过我一把壶，如果可以请完璧归赵。’可是,那朋友一直到最近才想起这把壶来。是啊,这么一说,这把壶还真让人感到不寒而栗。把它放在有阳光的地方,就不会有什么可害怕的了。把它放到阴暗的地方，就像一张令人毛骨悚然的脸。是啊,即便放在家里也不可能拿它来插花,何况还听说了这么奇怪的由来,我也讨厌把它放在家里。喂,太树,你该没有做过像老奶奶说的那样的事吧?!”

太树语塞。这时，有客人从玄关走到院子：

“我是向中原打听后登门拜访的。我叫林三藏，想来取回中原妈妈生前借我的那把壶。”

来者身着黑色和服，下巴垂着洁白的胡须，眼睛凹陷，目光好像朝着遥远的地方。

“那太好了！承蒙特意光临。我正在洗这把壶呢！”

爸爸把壶交给老人林三藏。这时，太树屏住了呼吸。

那把壶嗖地从老人手中滑出，掉到混凝土水漏里变成了碎片。这当儿，老人林三藏也嗖地不见了踪影。

“哇！”

太树与爸爸同时发出悲鸣声，抱作一团，然后面面相觑。这时，电话铃响了。

“你，接电话去！”

太树提心吊胆地走进屋里拿起听筒说：

“喂，我是中谷太树。”

“啊，是太树吗？我是中原哟！你不记得叔叔了吧？那时你还在上幼儿园呢！现在读几年级了？”

“五年级，爸爸在家里，我让他听电话好吗？”

“嗯，让他听电话。”

爸爸跑来拿起听筒说：

“喂，是我，那个……你是为那把壶吧……什么？不还也行？这是怎么回事？哎呀！要是那位林三藏爷爷……他刚才还来过我家呢！壶被他摔得粉碎！不是撒谎！因为我儿子当时也在边上。哦，那好，我会详细说明的。”

爸爸放下电话叹了口气说：

“那个……太树，那把壶的主人林三藏刚才被车撞死了。他是去中原家打听来我家路线后出来，刹那间……”

说完，爸爸开始整理水漏里的壶碎片。

太树心想：

是啊，这故事跟谁说说吧！可是没有人会信吧！也许最好是把它当作永远的秘密。但是如果有人欺负我或者对我使坏，另外一个太树也许会挺身而出……

接着，太树扑哧笑了，手摸摸裤袋，里面放着一块壶的小碎片。

# 译 后 记

我喜欢日本现代儿童文学鼻祖山中恒创作的“山中恒儿童成长小说”儿童文学作品，不只是因为内容生动有趣，而是可以作为中国的第一读者借助作家山中恒的“独特眼光”，走进山中恒视野，走进异国少年儿童的心灵世界，跟着作家与孩子们一起喜怒哀乐，感受他们的思想与情感，从而了解日本的学校教育、家庭教育和社会教育的现状。

记得2000年再度赴日留学时，一个偶然的机会路过青森县图书馆，走进该馆附属儿童图书馆时，看到一个孩子正在翻阅山中恒的作品，并不时与旁边的年轻母亲交流。长方书桌的周围有许多看书的孩子，他们的旁边大多有母亲陪伴着。我装作路过顺便参观的模样从他们身后慢慢走过，了解他们在读些什么书。这时，传来母亲轻声轻气对正在翻阅山中恒书籍的儿子说的话："这书上的主人公妈妈有点像我吧？妈妈以后再也不打你了，当然你要学乖巧点。妈妈我呢，今后也要学会尊重你，凡是跟你有关的事，都要事先听你说……"听到这里，我怔住了。这书竟然有如此魅力！居然能让当母亲的在毛头小屁孩面前反省！打那以后，我开始关注起山中恒的作品来。我在网上找到了一些感言，其中一位老师读者感慨地说："我看山中恒的作品时，不敢在公共场所看，因为主人公的原型似乎就是我。"

几天后，我去图书馆借来了《六年级四班奇葩小组》《我是她，她是我》《寻找报复神》《哎呦，老妈》《阿壮想做男子汉》等作品进行系统性了解，评估这些作品的文学价值和社会意义以及发行量。我深深感受到，作品中揭示的日本家庭教育、学校教育和社区教育的专制现象、家长式作风，同样存在于我国的家庭教育、学校教育、社会教育等领域。我在翻译的过程中，有时流泪，有时叹气，有时惋惜，有时拍手，有时笑出了泪花，有时气呼呼地搁下笔，等到平静下来再译。

今天，上述作品里的主人公，外号叫“爱忘症”“爱多嘴”“爱打听”“爱疯狂”“爱搞笑”“爱体育”“爱扫兴”“爱吹牛”“爱哭精”“爱冒失”“爱转学”等六年级四班奇葩小组的成员，以及濑间元太郎、山上金也、细井壮、高木直矢、佐藤顺子、竹原宏明、斋藤一夫、斋藤一美、吉永和弥、梅村亮、中古太树、大川多惠、松村美纪、增山子太、草间由纪、会田健治、野原秀也、北川清太郎、西尾政之、平田秀一、古村夏代等鲜活的艺术形象，时常在我的脑海里涌现，他们说的心里话总是在我耳边萦绕，快乐和伤心时的神情不时地在我眼前浮现。

例如濑间元太郎的妈妈，只要一看到他，嘴里就会像唱山歌那样命令他:“元太郎，看书做功课！”在她的眼睛里,孩子放学之余不可以有其他爱好。她每次跟元太郎说话时,语气生硬,动辄巴掌伺候。她的丈夫呢，举止和态度同样粗暴，甚至用无聊的催眠术测试孩子的智商。夫妻间还时常为琐事吵架,使得元太郎难以静下心来学习。山上金也是在母亲的金钱诱惑下玩命地学习,成绩进步了,品行退步了,把同学间的相互帮助当作敛财机会。这样的家庭教育让孩子感到压抑，难怪元太郎在作文《我的妈妈》里写道:……妈妈只要能放下架子与我交谈,她应该能理解我的内心想法……

作为家庭教育和学校教育的主体，我们的教育者很少通过抽样调查的方法了解学生在学校里究竟学到了什么,很少向他们征询对任课教师的教学方法有什么建议,很少询问他们对家长的建议,很少问过他们自己对假日生活的设计,只会一味强迫他们接受我们作为老师、作为家长下达的最高指示,拒他们的心声于千里之外。

译者认为，在众多的文学作品中，山中恒的“山中恒儿童成长小说”堪称是对教育领域触及最深、对今天的教育改革最有帮助的精神食粮之一。用爱杜绝一言堂，用爱与孩子做好朋友，用爱倾听孩子的心里话，用爱触摸孩子的思想感情，与孩子永远保持共鸣，这是推进我们的家庭教育和学校教育人性化发展之路。

日本的山中恒粉丝俱乐部，拥有不计其数的会员。迄今为止，山中恒创作的儿童文学作品拥有不同

年龄、不同层次、不同领域的千万读者，山中恒也被誉为最受孩子爱戴的慈祥爷爷。

翻译上述文学作品累计用去了三年多时间，让我再次徜徉了山中恒的校园家庭成长文学世界。同时，这个系列作品的问世也凝聚了许多同仁的心血。谨此珍贵之机，请允许我感谢卓尔不凡的安徽少年儿童出版社为之付出辛勤劳动的出版工作人员，感谢我国广大读者对于“山中恒儿童成长小说”的青睐。

2016年儿童节深夜于译鼎研究室